ラルーナ文庫

JN132147

片翼のアルファ竜と黄金のオメガ

柚槙ゆみ

三交社

CONTENTS

Illustration

白崎小夜

片翼のアルファ竜と黄金のオメガ

本作品はフィクションです。
実際の人物・団体・事件などにはいっさい関係ありません。

プロローグ

「だめだって言ってるでしょう？」

　もう何度目の母の言葉だろうか。ユリウス・ファン・レインはかわいらしい頬《ほお》を不満げにぷっと膨らませた。

「なんでだめなの？　髪の毛も黒いよ？　フードを被《かぶ》れば顔も見られないもん！　僕もう五歳だよ？」

　台所に立って昼食の準備をする母の周りを、うろうろと歩き回りながらユリウスは訴える。

「わかっているでしょう？　母さんを困らせないで、ユリウス」

　ピシャッと叱《しか》られ、ユリウスは唇を尖《とが》らせたまま不満げな顔だ。

「五歳になったら街に行ってもいいって、言ったのは母さんのくせに！」

　母の、もうすぐお昼ができるわよ、という言葉を背中に聞きながら、ユリウスは家を飛び出した。

外は春の空気に包まれていて、今のユリウスの気持ちとは裏腹だった。春風が緑の香りを運んでくる。家の脇《わき》にある木々には小鳥がとまり、なにやら騒がしく話し込んでいた。

ユリウスは家の前の道を駆け下り、胸のモヤモヤを払おうとしたが、それは一向に消えてくれなかった。

五歳になったばかりのユリウスは、空のような澄んだ青い目と金糸のように美しい金髪をしていた。陽に当たると眩《まぶ》しいくらいに肌は白く、他の人間とは似ても似つかない容姿だ。

オシアノスに住む人々は黒髪に黒い瞳《ひとみ》を持ち、肌は黄色味を帯びていてユリウスとは異なる。この容姿を隠さず街に出れば、どこにいても異様なほど目立つだろう。両親がユリウスを街へ行かせない理由の一つが、この特異な見た目だった。

今はアシアの木から取れる実を磨《す》り潰《つぶ》し、その汁を染料にして髪を黒く染めている。本来はさらさらで美しいユリウスの髪だったが、染料のせいで手触りは悪くつんと鼻につく臭《にお》いがする。それがいやでしかたがなかった。

だが今問題なのは、五歳になったのに街へ行かせてもらえないという、それだけである。

レギーナの美しい街並みをひとめ見たい。整然と敷き詰められた石畳とやわらかに輝くガス灯、ユリウスの知らない店がいくつも軒を連ねている有名なアーシャン通り。そこを歩き、運がよければ竜の血を持つという王族に会えたりするかもしれない。夢は大きくなるばかりだ。

ユリウスの家の周辺はほぼ牧草地で、隣家は目視できないほど遠い。狩猟や牧畜で生計を立てており、裕福な生活ではないが毎日幸せだった。

週に一度、父は街へと出向いて色々なものを売りに行く。世話をしている牛から絞った牛乳や、それを使って母が作るヨーグルトやチーズ、他に狩猟で獲得した鹿肉《しかにく》や猪肉《いのししにく》なども商品になった。その行商についていきたいだけなのだが、まだ許してもらえない。もう五歳だから手伝えると訴えても、小さいから無理だと一蹴《いっしゅう》された。

その代わりに、街から帰ってきた父がレギーナでの出来事を土産《みやげ》話に聞かせてくれる。街へ行けないユリウスを思ってのことだったが、それが逆効果になりつつあった。土産話だけでは我慢できなくなったユリウスが、街へ行きたいと言い出すのは当然の流れだ。

そんなユリウスに手を焼き、五歳になったら連れていく、と両親は言ってしまった。その場しのぎの言葉を信じ、五歳になったユリウスは訴えた。だがその約束を反故《ほご》にされ、今のユリウスは行き場のない絶望と怒りに支配されるのは当たり前だ。

ユリウスの足は自然と山の方へと向かっている。気持ちを落ち着かせるために行く場所は一つだ。息を弾ませながら山道を一気に駆け上がり、丘の上に生えている大きなマホニアの木の下までやってきた。太い木の大きな節に手をかけしがみつきテンポよく登り、いつもの場所まで辿《たど》り着く。両腕を左右に広げたように伸びる逞《たくま》しい枝は、小さな体のユリウスにとってちょうどいい椅子《いす》代わりである。

ここからの見晴らしは最高だ。サンドリオ村から遠くにあるレギーナの街を僅《わず》かに望める。ここは両親も知らない秘密の場所だ。

「僕、もう五歳なのに……。五歳になったらいいって言ってたのに。母さんのばか」

ユリウスは足をぶらぶらさせながら呟《つぶや》いた。

「髪の色も黒いのにな」

指触りの悪い髪の束を指で摘《つ》まむ。鼻に近づけると渋くイヤな臭いがして、未《いま》だにこれには慣れない。首が隠れる長さの髪は、見事にその美しさを失っていた。

(どうして僕だけこんななの？　父さんも母さんも、黒い髪と目……なのに)

本当の子供ではないのでは、と一人ベッドで泣いたこともあった。母に見つかり抱きしめられると、余計に悲しくなって涙が止まらなくなった。

ユリウスは遠くに霞《かす》むレギーナの街に目をやる。サンドリオ村とはどれほど違うのだろう、と何度も想像した。レギーナの街へ行きたい、美しいアーシャン大通りを歩きたい。その気持ちはユリウスの中でますます膨らむばかりだ。

もう少し大きくなったらその夢が叶《かな》うかも、と望みを捨てないユリウスは胸を熱くする。

そのとき腹の虫がくぅ～と鳴り現実に引き戻された。

「お腹減った……」

母と言い合いになって飛び出し、昼を食べていない。今すぐ戻って食べたいところだが、それはさすがにできないと意地になった。しばらく空腹に耐えていると、マホニアの木の根元で音がして視線を向ける。

「ユリウス！」

こちらを見上げていたのは三歳年上の幼なじみ、カイル・コリーンだった。驚いた顔のユリウスは、青い瞳をいっそう深い色に染めて目を見開く。

「カイル！　どうしたの？」

「お前、昼まだだろう？」

カイルがこちらを見上げながら、手に持った紙包みを僅かに揺らす。あの中はサンドイッチだろうかと想像して、胃が一気に空腹を訴えてきた。

カイルが紙包みの端を口に咥《くわ》え、ユリウスと同じく慣れた手つきで木を登ってくる。その震動でゆさゆさと枝木が揺れ、ユリウスは落ちないように自分の座っている枝を摑《つか》む。

カイルは隣まで来ると、咥えていた紙包みを離し渡してくる。

てるの？」

「そう、だけど……。どうしてカイルが持ってくるの？　なんで僕が食べてないって知ってるの？」

質問をしながらもユリウスは包みを受け取った。やわらかい包みの中身はやはりサンドイッチのようである。

「ユリウスの家に行ったら、ご飯も食べずに出ていったから、いる場所を知ってたら渡してくれって、おばさんから預かった」

母のやさしさがうれしい。しかしまだモヤモヤした気持ちが晴れなくて、なんともいえない気持ちである。そう思うと、受け取ったはいいがなんとなく開けられなかった。

「食べないのか？　腹の虫の大きな声が聞こえてたけど」

「は、腹の虫なんて……いないもん」

「いいから食えよ。じゃないと俺が食うぞ」

横から手が伸びてきてユリウスの紙包みを奪おうとするので、慌ててそれを遠ざける。

それを見たカイルが、ふふっと口元に笑みを浮かべ手を引っ込めた。ユリウスはのろのろと包みを開け、予想通りにおいしそうな母のサンドイッチを口へと運んだ。

隣に座るカイルは機嫌がよさそうで、遠く霞んで見えるレギーナのある方へ視線を向けていた。そんな姿をチラチラと窺《うかが》う。

カイルはユリウスのお兄さん的存在だ。髪と目は漆黒で、切れ長で凛々《りり》しい顔つきをしている。ユリウスのように女の子みたいにかわいらしい部分は見受けられない。

（三つ年上なだけで、ぜんぜん違う）

カイルは今のユリウスよりも小さい頃から、剣術などを習っているらしい。それに最近は読み書きまで教わっていると聞いた。ユリウスにとってカイルは兄と慕う存在だが、それと同じくらいライバルでもあった。

カイルのようになりたい、強く賢く。

しかしユリウスの思うようにその差は縮まらない。それどころか力と知識の差は開くばかりである。背伸びをしたってそこには届かない。

このマホニアの木に初めて登るときもカイルが手伝ってくれたし、今みたいに母と喧嘩《けんか》をして昼抜きになってもこうして世話を焼いてくれる。今回は偶然だとは思うが、それでもユリウスはすごいと思うのだ。

カイルはあまり喋《しゃべ》る方ではないが、やさしく頼りがいがあり大人びて見える。同じサンドリオ村出身ではあるが、生まれはこの村ではないらしい。カイル自身も知らないようで、両親も教えてくれないと言っていた。

だがユリウスにはカイルの生まれがどこかなど関係ない。すぐ隣にカイルがいて、毎日こうしてこのマホニアの木の枝に座って話せるのが幸せなのだ。

緩やかに流れる時間を楽しみながら、カイルが持ってきてくれたサンドイッチを完食した。指についたバターを舐《な》め取っていると、カイルが不意にこちらを振り向いた。

「食べ終わったのなら、湖に行くか？」

「うん！」

カイルの言葉にユリウスは元気に二つ返事だ。

タバナラ湖はマホニアの木の上から少しだけ顔が見えた。そこはサンドリオ村の人間なら誰《だれ》でも知っている場所だ。周りは岩場に囲まれていてあまり大きくはないが、澄んだ水と一年中水温が変化しない湖である。

湖岸から大きく平らな岩が数十メール先まで続く。奥に行けば行くほど深くなっているので、おそらく大岩は斜めになっているのだろう。水深は浅くて足首ほど、深いところで二メートルくらいだ。その大岩の先はもっと深い。

美しく魚の豊富なタバナラ湖だが、村の大人は近づかない。なぜならこのタバナラ湖が「竜神が生まれた場所」と呼ばれているからである。

オシアノスのラグドリア城に住む王族の祖先は、この湖から誕生したと言い伝わっていた。真相は不明だが、ユリウスは父からそう聞かされている。

だからタバナラ湖は神聖な場所であり、何人《なんぴと》であろうと足を踏み入れてはならないらしい。だがユリウスとカイルは大人の目を盗んでは湖に入って遊ぶ。人が近づかないので見《み》咎《とが》められることもなかった。

二人はマホニアの木を下りて森を歩いていく。真上にあった太陽が少し傾き、森の木々の隙間《すきま》から白い光が筋になり、湿った茶色の地面に模様を作った。それをリズムよく踏みながらユリウスの足は弾む。少し後ろを歩くカイルが、ときどき立ち止まっては木の実を摘んでいる音が聞こえた。

「ユリウス、そんなに急ぐなよ」

「だって、早く入りたいんだもん」

ユリウスの足はとうとう小走りになる。そうして湖までやってくると、着ている服をバサバサと脱いでその辺に落としていった。一糸纏《まと》わぬ姿になり湖岸まで走っていくと、水の手前でピタッと止まる。そっとつま先から入水し、そのままゆっくりと体を水に沈めていく。

「うわ、冷たいっ」

夏が近いとはいえ、まだ水遊びができるほど暖かいわけではない。ブルッと体を震わせるも、ユリウスは水の中に頭の先まで沈める。

「いつもそうだな、ユリウスは」

カイルのぼやきなど水中のユリウスには聞こえない。水の中で頭を思い切り振って染料を落としていく。真っ黒い染料はあっという間に水に溶けて周囲が濁る。しかし瞬く間に濁りが霧散していく。不思議な力で浄化されていくように思えた。

「カイル！」

ざばっと水から顔を出したユリウスは頭を振って水滴を飛ばした。そしてニコニコしながら髪を少し摘まんで見せる。染料が落ちた髪は本来の金色を取り戻し、陽の光に照らされてキラキラと輝いていた。

「綺麗《きれい》だな」

ようやく湖岸にやってきたカイルがやんわりと微笑《ほほえ》んだ。あまり笑顔を見せないカイルが笑うのがうれしくて、いつも足が急《せ》いて先に湖へ入ってしまう。

染料が落ちたユリウスの髪は、いやな臭いも消えている。家で頭を洗ったときは染みついて取れないのに、なぜかこの湖で洗い流すとなくなってしまうのだ。

（ここの湖って、やっぱり竜神様の力があるんじゃないかな）

ユリウスはカイルがこちらを見ているのに気づいてニッコリと微笑んだ。まるで魚が飛び跳ねるように水中へ飛び込み、深く潜って濁りなく美しい景色を眺める。両脚を揃《そろ》えてそれを上下に何度か搔《か》く。両手は体の横にピタリとつけて、行きたい方向へ頭を向ける。この泳ぎ方はカイルに教えてもらった。水を怖がるユリウスは苦戦したが、どうしてもカイルと同じように泳ぎたくて頑張ったのだ。

水中で仰向けになり、陽の光を反射させる水面を見上げる。すると魚たちがユリウスの周りに近寄ってきた。挨拶《あいさつ》でもするかのように指先を突いてくる。もっと遊びたかったが、息が続かなくなり水面に顔を出した。

「ぷは！　あ～苦しかった」

「ユリウスは魚と遊ぶのが好きだな」

「うん。かわいいからね。ここの魚はみんな色とりどりでみんな綺麗で大好き」

お前の方が綺麗だと思うけど、とカイルが呟く。ユリウスは照れくさくて聞こえなかったふりをしたが、頬がじわっと紅潮した。

水辺の岩に座っていたカイルが腰のベルトを外し、チュニックの上着を脱ぎ始めた。湖に入るのだなとわかったが、布の下から現れた自分とは違う逞しい体に見惚《みと》れてしまう。カイルだってまだ子供だ。それなのに骨張った骨格に乗る筋肉はユリウスのものとは全く違っていた。

全裸になったカイルが、岩場から深みの方へ綺麗な弧を描いて飛び込んだ。水しぶきが上がってしばらく静かになる。かなり離れた一番深い場所からカイルが顔を出した。

「すごい！　そんなところまで行けるの？」

「ユリウスも来いよ！」

こちらに向かってカイルが手を振り、元気な声が周りの岩にこだまする。ユリウスは水中に潜りカイルのいる場所を目指す。そこはかなり深いが平気だ。立ったまま泳ぐ方法もカイルに教わった。ユリウスにはできないことがカイルは全《すべ》てできる。すごいな、とユリウスは思うのだった。

しばらく湖で遊んだあと、カイルがアシアの実を磨り潰しユリウスの髪に塗ってくれる。この時間はうれしいけれども反面、憂鬱《ゆううつ》になる時間だった。

「僕この臭い嫌いだな」

「俺も好きじゃない」

「だよね」

岩場に座るユリウスの背後で、木製の器に入った黒いドロッとした液体をカイルが髪に撫《な》でつけている。カイルの手も黒くなるが、それはこの湖で洗えば問題ない。ユリウスはまた暗い髪色に戻るのが憂鬱でしかたがなかった。

「俺もユリウスの金の髪が好きだ。さらさらでキラキラしてて綺麗だからな」

「僕もその方がいい。どうして僕だけこんな見た目で生まれたの？　カイルと同じがよかった」

ユリウスの髪を触っているカイルの手が止まった。きっと困らせている。そんなどうしようもない質問をして、また言ってしまったと思うがもう遅い。

「そうだな。不便かもしれないけど、この場所でユリウスの本当の姿を知っている俺は、特別な感じがしてうれしいけど」

二人だけの秘密、カイルはそう言っている。その言葉に照れくさくなったユリウスは黙り込んだ。一気に頬が熱くなり、今顔を見られたらきっとからかわれるだろう。

「ユリウス？　聞いてる？」

「うん……聞いてるよ。髪、してくれて、ありがとう」

「なんだよ、急に……。いつものことだろ？」

ここで金髪を見られるのが特別だとカイルは言うが、こうしてまた黒く染め直すのは面倒だ。ユリウスがこの黒髪を嫌っているからカイルが付き合ってくれていると思っていた。

（カイルはやさしいな）

こんな手間な作業をほぼ毎日やってくれるなんて本当にすごいことだ。ユリウスの母でさえ、髪を黒く染めるのは大変そうなのだから。

「僕、夢があるんだ」

照れているのを知られないようにと、ユリウスは口を開いた。背後のカイルが「ん?」と小さく返事をする。

「もっと大きくなったら、きっと父さんも母さんもレギーナへ行かせてくれると思う。そのときはカイルと二人でアーシャン通りを歩いて騎士団のパレードを見る」

それが僕の夢だよ、とユリウスは後ろを振り返る。見上げたカイルの顔はなんだか寂しそうに見えた。きっとカイルも楽しみだと言ってくれると思っていたのに、欲しい返事はなかった。

振り返ったユリウスの頭は、カイルの手でグイッと正面へ向かされる。

「カイルは、街には行きたくない?」

「いや、二人で行けたら楽しそうだな」

「そうでしょ! ねえ、じゃあカイルの夢はなに?」

思いついたままそう尋ねる。ユリウスの髪を撫でるように動いていた手が止まり、歯切れの悪い返事が聞こえた。

「俺は……別にない」

「え？　嘘《うそ》でしょ？」

ユリウスはまた背後を振り返る。今度はカイルが照れているようだ。そんな顔は初めて見るので、ユリウスはまじまじと見つめてしまった。

「笑わないか？」

「笑わないよ！　言って！　僕、聞きたい」

逡巡《しゅんじゅん》したカイルの唇がゆっくりと動く。

「……ラグドリア騎士団に、入りたいんだ。強くなって騎士団に入ったら、ユリウスを守れるから」

「騎士団!?　すごい！　すごいねカイル！」

ユリウスはとうとう体ごとカイルの方を向いた。その反動で毛先から黒い飛沫《ひまつ》が跳ねる。首筋や肩にはアシアの黒い雫《しずく》がいくつも筋になって流れていった。

「ユリウス、ちゃんと前を向いて」

「あ、ごめん。でもすごいなー騎士団。騎士団かぁ。カイルなら絶対に入れるよ。だってすごいもん」

「すごいってなにがだよ」

背後でカイルの声が弾んでいる。笑っている顔が見たくて振り返ろうとすると、それを察知したカイルに頭を両側からグッと押さえられた。動くなということだ。

「だってだって全部がすごいから」

なにがどうすごいのか、今のユリウスには表現できる最大の単語は「すごい」だった。その中に全てが集約されている。

カイルが騎士団に入り立派な騎士になって活躍する姿を想像した。けれどユリウスが知っている騎士団は、父から聞かされている情報のみだ。一度もその騎士の姿を見たことがない。だからユリウスにとってカイルが神様にでもなるかのような話だった。

ユリウスの髪を黒く染め上げる間、カイルが騎士団に入ったら、という夢のような話が止まらなかった。体格に恵まれ運動神経もよくて才能のあるカイルなら、騎士団に入るのはただの夢で終わりはしないだろう。その頃にはユリウスも街に自由に行き来でき、カイルの勇姿を街で見られる。そんな想像に胸を躍らせ、お喋りなユリウスの口は止まらなかった。

ユリウスはカイルが好きだ。兄のように頼りがいがあり友人として遊べるカイルと、大人になってもずっと一緒にいたい。しかしカイルが騎士団に入ればきっと離ればなれになるだろう。想像すると寂しくもあったが、もしかしたら夢は夢で終わり、二人とも家の仕事を父から引き継いで年老いていく未来があるかもしれない。未来はいつだって未知数なのだ。

　八年後にその結果が示されるなど、ユリウスは想像もしなかった。

◆　◇　◆

　その日、母から預かったアップルパイをバスケットに入れ、ユリウスの足はカイルの家へと向かっていた。八年前の五歳のユリウスなら十五分以上かかっていた道のりも、十三歳になった今はその半分くらいの時間で到着できるようになった。

　緩やかなカーブを曲がった先、小高い丘の上にカイルの家が見える。家の前にある庭で小さく人影が動いていた。近づくにつれてそれがカイルだと気づく。

（素振りしてるんだ）

　カイルは上半身を外気に晒《さら》し、両手で木刀を握り締めて何度も振り下ろしている。声が届くくらい側《そば》に近づいても、カイルの集中は途切れない。ぶんっ……と木刀が空を切り裂く音がする。それと同時に、きらきらと汗の飛沫が散った。

　ユリウスはまじまじとカイルの姿を眺める。男らしく盛り上がった胸板は、そうなりたいとユリウスが憧《あこが》れているそのものだ。振り下ろす腕にも陰影ができるほど筋肉がついて逞しくなっている。惚《ほ》れ惚《ぼ》れするようなカイルの体を、しばらく眺めてしまう。

そしてユリウスは自分の出生について思い出していた。

母はユリウスを身ごもって数カ月後、謎《なぞ》の病に倒れた。高熱が下がらずどんな薬も効果はなかったという。そんなユリウスの父は、近づくことも許されない神聖な湖、タバナラの水を汲《く》み、最後の望みを託し母に飲ませたのだ。

その数日後、母の体調はみるみる回復し、なにもなかったかのように元気になった。まさに奇跡の湖だと喜んだが、生まれてきたユリウスの姿を見て、神湖を冒瀆《ぼうとく》した罰が下ったと思ったらしい。ユリウスは自分の特異な見た目について、両親から本当の話は聞かされなかった。だがある夜に母が泣きながら父に話しているのを、不本意にも聞いて知ってしまった。自分の見た目が人と違うのは、タバナラ湖の水を母が飲んだからだと。知ったところで今さら両親を責める気にはなれない。誰かを責めてもこの見た目が変わるわけではないからだ。

ぶんっという音が途切れて我に返ると、カイルがこちらを振り向いていた。

「ユリウス、そんなところでなにしてるんだ？」

「あ、ああ！　えっと、これ、ほら、母さんが持っていけって。お使い頼まれちゃって」

へへへ、とユリウスが照れ隠しで微笑むと、手の甲で額の汗を拭《ぬぐ》ったカイルの口元もふっと緩む。

「そうか。いつからそこにいたんだ？」

「今来たところだよ。カイルが素振りしてるな〜って見てたんだ」

「なんだ、じゃあちょっと前からいたんじゃないか」

木の柵《さく》にかけてあったタオルを取り上げ、カイルが首筋の汗を拭《ふ》く。そのしぐさが妙に色っぽくてどきっとしてしまい、ユリウスは思わず視線を逸《そ》らしてしまった。

十六歳のカイルはグッと大人びていて、子供っぽいユリウスとは桁違《けたちが》いに成長していた。手足が長く身長もグンと伸びたカイルは、ユリウスが見上げるほどだ。黒い髪は腰の辺りまで伸び、いつもひとまとめに縛っていた。ときどきユリウスが梳《す》くのだが、手触りはやわらかく気持ちがいい。

顔つきもずいぶん変わった。幼さの抜けた精悍《せいかん》な面持ちは、まるで騎士のような殺気すら感じられる。どきっとさせられたのはこれで何度目だろうか。切れ長の黒い瞳で見下ろされるとなぜかユリウスの鼓動が速くなる。

（三歳の差って、ずっと埋まらないんだろうな。僕とはぜんぜん違う）

ユリウスだって大人っぽくなったはずだが、カイルに剣術を教わっても全く筋肉がつかなかった。色白で骨張った細い体は、カイルと並べば女性と勘違いされそうなほどだ。

顔つきも変わったといえば変わったが、金髪と青い目が優雅さを漂わせ、男らしさの欠片《かけら》はそれで相殺される。もともと垂れ目でやさしい顔つきのユリウスだったが、大きくなれば男らしさも出てくると信じていた。しかしその片鱗《へんりん》は影もない。

「これ、母さんがどうぞって」

手に持っていたバスケットをカイルへ差し出す。覆っていた布に顔を近づけたカイルが、いい香りだな、と声を弾ませる。これはカイルの好物だ。

「うん。リンゴがたくさん取れたから、母さんがいっぱい焼いたんだ」

「悪いな」

「ううん。パイ作りは母さんも好きだから気にしなくていいよ」

バスケットをカイルに渡しながら顔を見上げる。子供の頃から表情豊かではないカイルだったが、このアップルパイを見ているときは瞳がきらきら輝く。それを見るのが好きでこれを渡すときはユリウスの気持ちも高揚する。

「剣の練習、熱心だね」

バスケットを手渡したユリウスは手持ち無沙汰《ぶさた》になり、近くの柵にもたれかかって腰ほどの高さのある草の先をいじる。

「ああ、ユリウス、お前に言わなくちゃいけないことがあるんだ」

カイルの視線は手の中にあるバスケットへ落とされている。長い睫毛《まつげ》が瞳の表情を隠し、ユリウスはどことなく不安になった。先ほどとは違う沈んだ声も気になる。

「な、なに？　カイルにそんな改まって話がある、なんて言われると緊張するよ」

動揺を隠すように笑顔を作ったが、それはぎこちなくなり心拍数が上がってしまう。

「ずっと言おうと思ってた。でもユリウスが言いそうな言葉が予想できて言い出せなかった」

「僕がどう答えるかなんて、聞いてみないとわからないよ」

ユリウスの嫌な予感はますます大きくなっていく。悪い知らせを焦《じ》らされているようでいやだった。

「そうだな。考えすぎないで打ち明ければよかった」

「で、なに？」

「ああ……」

カイルがユリウスの隣に移動し、同じように柵へもたれかかった。視線はどこか遠くを見ていて、そんなカイルをユリウスは瞬《まばた》きもしないで見つめた。

「俺さ、ラグドリア騎士団に入ろうと思うんだ」

カイルの口調はまるで、アップルパイが好きなんだ、というような感じだった。ユリウスはすぐに意味が把握できず、時間が止まったような錯覚に陥る。瞬きを忘れて数秒、間抜けなほどの「え？」という自分の声にはっとした。

「驚くよな。まぁそれが普通だと思う。ずっと考えてたんだ。この村を出てレギーナへ行く。それで騎士に志願する」

行こうと思う、ではなく「行く」だった。もう決まっているのだ。それに気づいてユリウスはぐっと奥歯を嚙《か》み締めた。

「……決まってるんだね」

「ああ」

「行くのはいつ？　半年後、くらい？」

半年後にはカイルの十七歳の誕生日がやってくる。それに向けてユリウスはなにをあげようかと思案し始めたところだった。

「一週間後だ」

「え！　嘘、でしょ？　だって一週間なんて……」

なにもできないよ、と落胆する言葉をユリウスは飲み込む。こちらを振り向いたカイルの顔が、今にも泣きそうに切なげだったからだ。決定は変えられない、無言でそう言われている。

ラグドリア騎士団に入ると決めたのは、おそらくかなり前なのだろう。剣術の稽古《けいこ》で忙しいからと言われ始めたのは半年以上前だった。その頃からカイルはユリウスに言い出せないで悩んでいたのだろうか。

(もっと早く言って欲しかった。相談くらいして欲しかった。僕らは友達じゃないの?)

ユリウスはどんな顔でなんと言えばいいのか見当もつかない。確かに騎士団に入るのがカイルの夢なのは覚えている。

だがあまりに突然すぎて、色々な感情と言葉が頭の中をぐるぐるしていた。それなのに、ユリウスの様子を見ていたカイルがふっと笑う。

「なんで、笑うの……。笑いごとじゃないよ。言うのが遅いよ。ひどいよ……」

「ごめん。いや……お前が泣くんじゃないかと思ったんだけど、なんというか、泣かないんだなって」

「はあ? もう、バカにしてるの? 正直、泣きたい気持ちだよ。こんなぎりぎりになって知らされる僕の身にもなって欲しいね。出発までの一週間、僕に時間を空けてくれんだよね?」

ユリウスの口調は、まるで大好物の七面鳥を横取りされたときのように尖っている。なんと言えばいいのかわからないと思っていたのに、カイルが僅かに笑うのを見て言葉が噴き出した。最後は駄々っ子のように頬を膨らませている。

「ああ、出発までの間、俺の体はユリウスに貸し出す」

「なに、その言い方……」

カイルの声はやさしく艶《つや》めいていて、いつどこでそんな言い方を覚えたのだと腹立たしささえ覚える。その反面、ずっと燻《くすぶ》っていた感情を刺激され、胸がきゅうっと苦しくなった。うれしいやら照れくさいやらで、今度はユリウスの視線が遠くを彷徨《さまよ》う。

「とにかく、言い出せなくて悪かった。騎士団に入るためにサンドリオを出るけど、この村には帰ってくるつもりだから」

約束だ、とカイルが手の平を上に向けて差し出してくる。それに反応してユリウスはその手の上に自分の手を乗せた。お互いにギュッと握り合い、同時に目が合った。これは友人同士で約束をするときによく使われる。

だがカイルと手を繋《つな》いで約束しているこの瞬間、ユリウスは予感していた。

この約束はきっと守られない。

カイルはこのサンドリオには戻ってこないと。

だが言葉にはしなかった。言ってしまえば涙があふれてしまう。

カイルと約束を交わし、出発までの一週間をどう過ごそうかとそちらに意識を逸らせる。

胸に広がる思いは、切なくも寂しいものだ。兄のように慕っていたカイルに対して、新たに芽生えたこの気持ちはどうすればいいのか。名前もわからない感情は行き場を失うことになってしまった。

第一章

この世界には、男女性の他に三つの性が存在する。王族で竜の血を持つアルファ、一番数の多い一般市民のベータ。そして希少種のオメガである。

アルファは王族のみでさらに竜の血を持ち、知能や身体能力の高さに秀でた性だ。ベータは知能も運動能力も平均的で、国民の多くがそれである。

そして希少種のオメガ。数が少なく目にすることはほとんどない。アルファやベータと違うところは、オメガには発情期というものが存在する。さらにオメガ性は発情期になれば男女問わず妊娠が可能で、発情期に放つ性的フェロモンは全てのアルファを惑わすという。ときにはベータさえも誘惑するため、オメガ性は世間から冷遇されている。

ユリウスはベータ同士の両親から生まれ、見た目は特殊だがベータ性だ。そう言われて育ってきた。ベータやオメガなど性別について、五歳の頃のユリウスはよくわかっていなかったが、十五歳になった今はちゃんと理解できている。

見た目には未だ苦労しているが、街にさえ行かなければ問題はなく、平和に日々を送っていた。

子供の頃は無防備に人前へ出てしまう可能性があったので、髪を黒く染めていた。今は染めるのをやめ、フードや帽子で隠している。無論、人目を敏感に察知して隠れる術《すべ》も身につけた。

ユリウスは小麦畑の間に走っている真っ直《す》ぐな道を歩く。風が小麦の穂を揺らし、それはまるで金色の絨毯《じゅうたん》が波打つように見えた。風がユリウスの髪を同じようになびかせる。

飛ばされてしまいそうな麦わら帽子を左手で押さえ、歩みを止めた。風上に顔を向け、遠くにある自分の家を見つめる。微《かす》かに湿り気を帯びた匂《にお》いがして、雨がくるなとユリウスは思った。

「ただいま」

家に入ると父の姿がある。

「父さん戻ってたの？　商売はどうだった？」

レギーナの街へ行商に行っていた父が二日ぶりに戻っていた。すでに酒を飲んでいるのか、ほんのりと頬が赤い。

「もちろん全部売れたぞ。特に母さんの作るチーズは人気だからな」

「そう、よかった。母さんのチーズは本当においしいよね」

麦わら帽子を壁のフックにかけ、父の向かい側に腰を下ろした。テーブルにはおいしそうなベーコンが皿に並んでいる。商売はかなり上手くいったようだ。ベーコンは普段の食事ではめったに出ない。

「いやだわ。そんなこと言って、父さんのベーコンを狙《ねら》っているんでしょ？」

あなたはこれよ、と母が皿に載せて出してくれたのは八分の一にカットしたアップルパイだった。

「そうか、もうそんな季節だったね」

「そうよ。今年もたくさんリンゴが成ったわ。父さんが砂糖も買ってきてくれたし、さっそく焼いてみたの。好きよね、ユリウス」

「うん、大好き」

アップルパイを目にすると思い出すのはカイルのことだった。今と同じくらいの時期に、カイルからサンドリオを出ると打ち明けられた。あれからもう二年が過ぎている。カイルは十八歳になっているだろうから、騎士になるには十分な年だ。

（カイル、元気にやってるかなぁ）

何度か手紙を書いてみたが返事はなかった。むしろちゃんと届いているのかさえ不明である。初めの頃は返事がいつくるかとそわそわしていたが、一カ月二カ月と過ぎていくうちに、郵便受けの前で待つのもやめてしまった。

(あの手紙、カイルは読んだのかな)

懐かしさが胸にどっと押し寄せてくる。アップルパイを口に入れると、カイルと過ごした日々が思い出され気を緩めると涙が出そうだった。

「そろそろ騎士団パレードの時期だな。四年に一度の盛大な祭典だ」

「そういえば前に開催されたとき、行きたい行きたいってすごくわがままを言ったの覚えてるよ」

ユリウスは照れくさそうに笑うと、父も母も同じように笑った。

四年前、それはユリウスが十一歳のときである。いつまで経っても街へ連れていってもらえず、ストレスが大爆発したのだ。散々両親を困らせ、大泣きするユリウスは最終的にカイルに慰められた。それを思い出すと今でも恥ずかしい。

「そうだそうだ。四年前に大泣きしてたな。あの頃はまだ十歳くらいだっただろう。しかたがないさ。とはいえ、今でも街には行っちゃダメだからな」

「わかってるよ。アシアを髪に塗るのはもういやだし、このまま行けばどうしたって目立つからね」

大人になってもこのまま一生、街へは行けないのだろうか、と漠然とそんな疑問が浮かび上がる。両親が年老いて亡くなれば、必然的に家の仕事をユリウスが引き継ぐだろう。結婚して子供ができれば尚《なお》さら稼がなくてはいけないし、街には出ざるを得ない。

(でもまだ先の話、かな)

遠くて近い未来を、両親はどう考えているのだろうか。そして先ほど父が口にした騎士団パレードという言葉がユリウスは気になっていた。十一歳の頃のユリウスは一人で街に行けなかった。しかし十五歳になった今は、街へ行ける手段を得られる。そう考えるとユリウスは落ち着きがなくなってしまう。

夕食を済ませ自分の部屋へと戻ってきたユリウスは、机にランプを置いた。数冊の本が机に並び、その影がランプの明かりに揺れている。

「パレードか……」

ベッドへ横になったユリウスは呟いた。

街へ行くには足がいる。馬が一番早いけれど、ユリウスの家には一頭しかいない。いつも馬車を引いて父が街まで行くために使っている。それに乗れば半日もあれば街に着くだろう。だが馬は移動手段以外にも使うので勝手に乗っていくわけにはいかない。

(歩いたら一日以上かかるかな)

一度も街へ行ったことがないので、道に迷う想定も必要だ。そこまで考えて気づいた。

（あ、僕もう行くつもりになってる）

ふふっと思わず笑いが漏れた。しかし緩んだ頬はすぐに真剣な表情へと変わる。何度か瞬きをしてベッドから起き上がったユリウスは、クローゼットの扉を開いた。

物入れの一番奥に隠してある小型のナイフを取り出す。ダークブラウンの鞘《さや》にはR・Uと少し歪《いびつ》な彫り文字が入っている。これを彫ったのはカイルだ。剣術は苦手でも、ナイフくらいは使えるようになった方がいい、とユリウスが十歳の誕生日のときにカイルからもらったものである。両親はこのナイフの存在を知らない。どんな些細《ささい》なことでも報告するユリウスだったが、これだけはカイルと二人だけの秘密にしたかった。

年月が過ぎ、味の出てきたその鞘を撫でる。指先に感じる凹凸は懐かしい記憶を思い出させた。

「カイル……」

気持ちはすでにレギーナへ向いている。パレードの行われる前日の早朝に出れば、レギーナの街には翌日の昼に到着するはずだ。一度も行ったことはないが、街までの道は一本なので迷いはしないだろう。

ユリウスはその日、夜が明けるまで手にした小型ナイフを愛《いと》しげに眺め、指先で何度もイニシャルを撫でていた。

二週間後、パレードの開催される前日の朝。キッチンで食料を調達したユリウスは早朝に家を出た。辺りはまだ薄暗く、濃い朝霧に包まれている。サンドリオ村は早起きだが、皆が目覚める前に出発した。ほとんど真夜中だが、その方がユリウスには都合がよかった。

湿気を帯びた空気が全身を包む。朝日を浴びる前の夜の匂いがした。足音はユリウスのものだけで、それがいやに大きく響いているようで緊張する。

心臓は早鐘を打っていた。歩きながら後ろを振り返り、霧に紛れて見えなくなっていく自分の家を見る。別に家出をするわけではないのに、妙な罪悪感に包まれていた。

(置き手紙をしてきたけど、もしかしたら父さんが探しに来るかもしれないな)

大らかな父と心配性の母は、ユリウスが他と違う特別な見た目を、神様からの贈り物だと言って愛してくれた。そんな二人を裏切るような行為はさすがに忍びない。けれどこの機会を逃したら、次にカイルと会えるのは何年後かわからない。カイルを待っている間に戦争が始まり、万が一にも戦死などしたら二度と会えなくなる。

「父さん母さん、ごめん」

呟いたユリウスは前を向き、さらに歩調を速める。瞬く間に自宅は霧に飲み込まれて見えなくなった。ユリウスの気持ちは前に向いている。とにかく明日の昼までにレギーナに到着する、それだけしか頭になかった。

どのくらい歩いたのか、周囲の霧はいつの間にか消えていて、ユリウスの背後から薄《うっす》らと白い光が追いかけてきていた。夏を思わせる暖かな太陽が、背中を押してくれているようだった。

森を抜け、さらに歩き続けたユリウスは不意に足を止めた。向かいから馬車がやってくるのが見えたのだ。街の方から来たということは、サンドリオの村人の可能性がある。見つかってはまずい。ユリウスはさっとマントのフードを目深に被る。肩まである髪は後ろで結び、金髪を見られないようにしていた。あとは目を合わさなければ大丈夫だ。

馬車の音は徐々に近づいてくる。それとともにユリウスの心拍数も跳ね上がっていった。真横を馬車が通り過ぎ、地面を蹴《け》る馬の足音がゆっくりと遠ざかる。止まる様子がないので不審には思われていないようだ。

（よかった……）

緊張で手の中にはじわっと汗が滲《にじ》んでいた。それをマントの端で拭い、さらに歩みを速めた。

レギーナの街を目の前にして日が沈む。時間的には予定通りといいたいが、なにせ初めての道のりだ。知っている情報は父の口伝《くちづ》てなので、不安といえば不安である。

（いや、大丈夫だ。父さんの言ってた通り一本道だし、方角だって間違ってない）

野宿をするために、その道から少し入った森の中で火を焚《た》いてひと晩を過ごした。朝方、近くの川で顔を洗ったユリウスは再び歩き始める。今頃家では置き手紙に気づいた両親が驚いていることだろう。けれどもうユリウスの足は止められない。

日が昇り、足元の道がいつの間にか石畳になる。すれ違う人の頻度も増え、姿を見られないようさらに注意した。しかし街に入った途端、そんな警戒心は吹っ飛んでしまった。

「うわ……」

自然と声が出てしまうほど、レギーナの街は本当に立派だった。父の話以上にすごかったのだ。

行き交う人の多さや通りの両側に並ぶ商店の数と活気。飛び交う声は静かなサンドリオとは大違いだった。馬車が幾度となく目の前を往来し、上ばかりを見ていたユリウスは何度かぶつかりそうになった。そのたび御者に怒鳴られ、俯《うつむ》いたまま謝った。

小走りで大通りから脇の道に入る。息も胸も弾んでいた。これがレギーナ、これがカイルが生活している場所。

（すごい……父さんから聞かされている以上だ）

脇道からそっと通りを眺めるように顔を出す。誰もユリウスを気に留める人はいない。皆忙しそうに足早に歩いている。よく見ればユリウスと着ているものも違っていた。色の違う継ぎや、端が擦り切れた服を着ている人などいない。

木の実を横向きにしたような、変わった形の帽子を被る男性や、ゆったりとした服ではなく、体にフィットした前ボタンのついたズボン姿の男性もいる。その人は背の高い帽子を被り、持ち手のついた杖《つえ》のようなものを腕にかけて歩いていた。

一番驚いたのが女性の格好だ。ユリウスが知っているのは自分の母とカイルの母くらいで、あとは物語の中の登場人物だけだ。家族以外と会わせてもらえなかったのは、この容姿が原因なのは理解している。だから今、生まれて初めて母以外の女性を目にしているのだ。それがあまりにも新鮮で息をするのさえ忘れてしまいそうだった。

(みんなすごく綺麗……同じ人間とは思えないくらいだ。父さんが興奮してレギーナの街の話をするはずだな)

ひと月に何度か足を運び見慣れているだろうに、街から帰ってきた父はいつも興奮気味だった。だが今のユリウスにはそれが頷《うなず》けた。もし家に帰って街の感想を話すなら、父と同じように興奮してしまうだろうから。

ユリウスは色とりどりのドレスを身につけた女性を目で追った。足をつま先まで覆うようなドレスは、至るところにひらひらとした布がついている。頭の上に乗っている帽子にもだ。さらには雨を凌《しの》ぐのは無理だろうという小さい傘にまでひらひらがたくさんである。

（どういう……ことなんだろう）

オシャレだとかそういうものに疎いユリウスは、着飾った女性の格好は滑稽《こっけい》に見えた。村人だとわかる人々もたくさん行き来しているので、そういう格好の女性が逆に際だって目立った。

一歩入った路地裏には、樽《たる》が積み上げられ木箱が並んでいる。その隙間に体を滑り込ませ、壁に背中を預けてその場に座り込んだ。街のすごさに驚いたが、どうやら歩き通しだった足に限界がきたようである。

（とりあえず、ここなら目立たないしいいよね）

パレードまでまだ時間がありそうだし、とほっとしたユリウスは一瞬だけ目を閉じた。

しかし思いのほか疲れていたのか、その一瞬で眠りに落ちてしまった。パンッ！　というなにかが破裂した音が聞こえ、ビクッと体を揺らして目を覚ます。子供たちが紙袋に空気を入れて、それを叩《たた》き潰して遊んでいるようだ。

「え、なに？」

目の前は薄暗い。なにが起こったのかわからず軽く混乱する。軋《きし》む膝《ひざ》に力を入れて立ち上がったユリウスは、自分がレギーナの街の路地裏で寝こけていたとようやく把握した。

「しまった！」

ここまで来てパレードを見られなかったら意味がない。慌ててフードを被り直し、恐る恐る大通りに出てみる。そこは昼間とは違う景色に変わっていた。

人は沿道の両側にまるで壁のように並び、昼間と遜色《そんしょく》のない明るいガス灯が光る。あちらこちらで音楽が鳴り響き、それがユリウスの中に飛び込んでくる。

「なに、これ……」

思わず呟くと、それを聞いた隣に立つ年嵩《としかさ》の男性が教えてくれる。

「なにって、騎士団パレードだよ。今年は新隊長が選出されたって聞いたよ。若いのにすごいねぇ」

男性の視線は通りに向けられていて、ユリウスの青い目には気づいていない。男性の視線を追うようにしてユリウスも通りを見やった。

人の隙間から覗《のぞ》くようにしてなんとか見ようとする。邪魔だと押されて何度も弾《はじ》かれてしまったが、空いている足元を這《は》ってようやく前の方に行けた。

大通りに整然と並んだ騎士団兵士が行進している。銀色の甲冑《かっちゅう》に鋭く光る先端のついた槍《やり》を持ち、足並みを揃えて兵士たちが進む。初めて見る騎士団パレードに、ユリウスは興奮していた。

「すごい……」

それ以外の言葉が出てこない。闘志を目に宿した騎士たちは、前方を睨《にら》みつけやや緊張気味だ。ユリウスはこの中のどこかにカイルがいるのだと思い懸命に探す。しかし見えているのは目と口だけで、背格好も似通っている。どうやってカイルを見つければいいのか頭を抱えた。

（ここまで来てやっとパレードが見られたのに。カイルを見つけられないんじゃ意味がない）

落胆しながらも、ユリウスの視線は隊列を追った。そのうちに槍騎兵の行進が終わると、次は騎馬兵の一行が近づいてくる。馬の足が石畳を蹴り、かつかつと小気味よい音が重なって聞こえた。

馬に跨《また》がっている者は槍騎兵とは違う形の鎧《よろい》を身につけていた。先頭は真っ白な馬に乗った騎士のようだ。兜《かぶと》はつけておらず、その雰囲気からして部隊長なのかもしれない。カイルはその後ろに続く兵なのかと思っていた。しかし近づいてきたその白馬の騎士から目が離せなくなる。

「カイ……ル？」

上下黒の軍服に青いマントをつけたその人はカイルだった。黒髪を靡《なび》かせ、馬の歩くリズムに合わせてそれが跳ねる。視線は鋭く睨むように前へ向けられ、ユリウスが知っているカイルの面影はあまりなかった。

（なんで……カイルが兵を引いてるの？　だってまだ……）

カイルはユリウスの三歳上の十八歳だ。十八歳という若さで兵を率いている。ベータは基本的に一兵卒なのが普通だ。だから隊列の中にいるカイルを探していた。それなのに部隊を率いている。

（僕の知っている、カイルじゃないみたい）

隊を率いる者として威厳と力強さのオーラを放っている姿は勇ましい。しかしその表情の中には、どことなく陰鬱《いんうつ》さがあった。

「いや～カミーユ様は本当に立派だねぇ。まだ十八だってのに」

「それにあんなに凜々しくて美しいなんて罪だわ。アルファの血筋は私たち平民とは違うわよね」

「異国で暮らしていたのに、帰ってきて二年で騎士団を束ねるなんてすごい実力だな」

ユリウスと同じように、隣でパレードを見ている夫婦の会話が耳に飛び込んできた。えっ、と思わず声を漏らし夫婦の方を向いてしまう。しかしその声は周りの歓声に掻き消されてしまい気づかれなかった。

(やっぱりあれはカイル……だよね？　周りはみんなカミーユ様って呼んでる。どういうこと？　カイルがアルファ……？　僕と同じベータじゃない？)

ユリウスもカイルもベータだと信じて生きてきた。それなのに、再会したカイルは名前も性も変わっていた。こんなことが起こり得るのだろうか。

今は混乱していて、いくら考えても辿り着く答えは見つからなかった。

隊列はどんどん進んでいく。気がつけばカイルはかなり先の方へと行っていた。ユリウスは人混みから脱出してカイルを追いかける。しかし沿道は信じられないくらいの人で埋め尽くされ、容易に走ることすら叶わなかった。

人に揉《も》まれているうちにフードがなにかに引っかかる。

「あ！」

ばさっと頭からフードが脱げ、手で摑もうとしたがもう遅い。おまけにぶつかった弾みで髪を縛っていた紐《ひも》が切れ、これでもかと辺りに金髪が広がった。夜の森ならそうは目立たなかっただろう。しかし街のあちらこちらにガス灯が輝くこの場所で目につかないわけがない。さらに最悪なことに、躓《つまず》いた拍子に足が縺《もつ》れ石畳へ盛大に転んでしまった。

「い……った」

起き上がったユリウスは、頬に当たる自分の髪に背中が冷えた。大慌てで背後に手を伸ばし、フードを手繰って金髪を隠す。

「なあ、あの子の髪の色、すごくないか？」

「え？　何色？　黒じゃなくて？」

「金だよ金。初めて見た」

しかし近くのテラス席で飲んでいた数名の男性たちが、一瞬だけ晒されたユリウスの髪色を目撃したようだった。

（まずい……見られた！）

立ち上がったユリウスは、その場から足早に立ち去る。その間フードの縁をしっかりと握り、もう片方の手でマントの前が開かないよう摑む。そんな状態で俯き加減に走っていたので、周囲の人に何度もぶつかった。転ぶことはなかったが、きっと迷惑そうな顔をされただろう。

だがユリウスはそんなことに構っていられなかった。とにかく人のいない場所に行かなければと必死だ。あの男性たち以外にも目撃者がいるかもしれない。

ユリウスの心臓は追い詰められた小鳥のように激しく打っていた。雑踏や騎士団パレードに向けられる歓声はユリウスの耳には入ってこない。

どのくらい走ったのか、ようやく人気のない路地裏までやってきた。肺はこれでもかと新鮮な空気を求め、自身の忙《せわ》しない呼吸音だけが聞こえている。壁に背中を預け、天を仰ぐように顎《あご》を上げて呼吸をする。湿った石畳に座り込んだユリウスは、ようやくフードから顔を出し、辺りの様子を窺った。

(ここまで来たらもう大丈夫、だよね？)

パレードの音はかなり遠い。この辺りは住宅街だろうか。住民たちは皆パレードを見に行っているのか人の気配はない。ホッとしたユリウスはようやく息を吐いた。まさかあんな人混みでフードが取れるなんて思いもしなかった。さらには髪を縛っていた紐まで切れたのは大誤算だ。

(今のうちに結んでおこう)

辺りをキョロキョロと窺い、誰もいないのを確認してフードを脱いだ。髪をひとまとめにすると、肩にかけた鞄《かばん》から紐を取り出して根元をギュッと縛る。これでフードを被れば髪は見られない。

(今度はもっと慎重にいかなくちゃ。まさか転ぶなんて思わなかった)

ようやく気持ちが落ち着いた。レギーナの街は人が多いとは聞いていたが、ユリウスの想像以上だった。それにパレードが開催されているので、普段より人が密集しているのはわかっていたのに油断してしまった。

金髪を見られはしたが、一瞬でもカイルの姿を目にできたのは好運だ。小柄なのが功を奏して最前列まで行けた。

それにしても色々と疑問が残ってしまった。カイルが部隊を率いていたり、カミーユと呼ばれていたことである。カイルの両親に聞こうにも、今はサンドリオには住んでいない。カイルと一緒にレギーナへ移り住んでしまったのだ。だからよく遊びに行っていたあの懐かしいカイルの家には誰も住んでいない。

（どうなっているんだろう）

座り込んだままのユリウスは、ついさっき目にしたカイルの姿を思い出す。幼さは鳴りを潜めて、大人っぽく鋭い眼差《まなざ》しの彼はよく鍛錬された体格になっていた。そしてカミーユと呼ばれ……。

ユリウスの頭ではどうしてそうなるのか想像さえできなかった。本人に聞くのが一番いいが、会えるとは思えない。

「一瞬でも見られればいいって思ったけど、やっぱり会って話したいよ」

思わず本音が漏れる。見てしまうと欲が出て、会って話したい気持ちが湧《わ》いた。

手紙は届いていたのか、毎日どんなふうに過ごしているのか。幼なじみの自分のことをたまには思い出すのか。小さな胸から思いがどんどんあふれてくる。

どうにかして会えないだろうかと思案していると、近くで複数の人の足音が聞こえてはっとした。顔を上げて立ち上がろうとすると、三人の男の足先が目の前に見えた。一瞬にして全身に緊張が走る。

「こいつか？」

「ああ、俺はちゃんと見たぜ。確認しろよ。俺が酔ってないって証明できる」

ユリウスはフードの端から、片目で目の前の男の顔を確認した。ユリウスが転んだときに髪の色を見て、仲間と話していた男だ。真っ赤な顔と据わった目は見るからに酔っているようだった。

ユリウスは立ち上がって逃げようかと構えるが、三人に三方を塞《ふさ》がれて逃げ場はない。背中は壁だ。

「おい、お前、顔を見せろ」

一人の男が近づいてくるのを感じ、ユリウスはフードの縁を握った。顔を見られてはだめだ。どうにか隙を突いて逃げるしかない。

「お前、聞こえてるだろ」

男の手がフードにかかる。ユリウスは頭を振ってその手を振り払うが、しつこくフードを脱がせようとしてきた。

「や、やめろ、いやだ！」

俯いたままで訴えるも、男は引き下がらない。そのうちにもう一人の男も加わり、マントやフードを力尽くで引っ張られた。二対一では勝てなかった。マントは瞬く間に剝《は》ぎ取られ、同時にフードもユリウスの頭から脱げる。

「ほら見ろ！　金髪だ！　な？　俺が言った通りだろ！」

「おい、待て。金髪もすごいが、こいつの目の方が変だぞ」

さっきマントを取られた瞬間、ユリウスは男たちを睨みつけてしまった。そのときに左に立っている小太りの男と目が合ったのだ。まずいと思い視線を逸らしたが、やはり気づかれていた。

(薄暗いこの場所だから大丈夫だと思ったのに)

最終手段は強行突破しかない。大柄な男三人を押しのけて逃げるのは一か八かの賭《か》けである。しかしそれ以外でもう手はない。このまま騒ぎになって大勢の前に引っ張り出されるよりはいい。

ユリウスは片膝をついて上半身を前傾させた。フードは脱げているが顔は下を向いている。そのせいで男たちの次の行動が読めないが、顔を上げれば青い目が見られてしまう。

いや、一度見られたからもういいのかと、思い直して顔を上げた瞬間、目の前には男の大きな手が迫っていた。

驚いたユリウスは目を見開き、その手を振り払おうとしたが遅かった。男の手がユリウスの髪に伸び、乱暴に掴んできたのだ。

「……っぅあ！」

髪を縛っていた紐は解け、ぱらぱらと頬に髪が乱れ落ちる。そして力任せに掴まれ引っ張られ、痛みで顔が歪《ゆが》んだ。

「金髪に青い目だ！　俺が嘘を吐《つ》いてないってわかったろ？」

「おい、俺にも見せろ」

男たちが次々とユリウスの顔を覗き込んでくる。手を引き離そうと必死に抵抗するが、全く歯が立たない。しかし爪《つめ》を立てて引っ掻くと、男が一瞬怯《ひる》んだ。

「痛え！　こいつ、引っ掻きやがった！」

怯んだ男が手を離す。今だ、とユリウスは立ち上がって逃げようと動く。しかし目の前にもう一人の男が立ちはだかり、逃げ道を塞がれ思わず身構えた。

「もっと明るいところで見せてくれよ。なあ、兄ちゃん。いや、姉ちゃんか？」

「わからねぇなら剝《む》けばいい」

ユリウスが引っ掻いた男は、自分の手を摩《さす》りながら下卑た笑みを浮かべている。全身にぞわっと寒気が走った。これは想像以上に悪い方向へ流れている。

(どうしよう。一対三じゃ、突破できるかどうか……)

緊張で口の中が乾いている。目の前の男に警戒していると、背後から別の男に肩を摑まれた。

「っ! やめ、うあぁっ!」

一瞬で喉元《のどもと》を摑まれ、そのまま壁に押しつけられた。

(息が、できない!)

力任せに捕らえられ、ユリウスはその手を外そうと必死に藻掻《もが》いた。しかしバカみたいな腕力はびくともしない。自由な足で男の腹を蹴り上げても、全く怯む様子がなかった。

何度か頬を叩かれ唇の端が切れた。

「おい、このまま摑んでてやる。お前ら引ん剝いて確認しろ」

「や……め、ぅ、ぁあ……っ」

息ができず、ユリウスの意識は徐々に薄れてくる。下卑た男たちに、このままやられてしまうのかと思うと、悔しくて涙が浮かんでくる。

(いやだ……いやだ! カイル……っ、助けて……カイ、ル……っ)

酸素不足のせいで頭がぼんやりとし、目の前が霞んでくる。脳裏に浮かんだのは馬に乗ったカイルの立派な姿だった。もう一度あのカイルを見たい、そう思うも男の手を引き離そうとして摑んでいた手も、力なく落ちてしまった。

「おい、あまり首を絞めるな。殺す気か！」

男の声が聞こえるとユリウスは解放された。石畳の上に転がされ、一気に入ってきた酸素に喉がヒュウと音を立てる。首を押さえながらぐったりしていると、男たちの容赦のない手がユリウスの服を脱がしにかかった。それに抵抗すらできずにいると、男の楽しそうな声が聞こえる。

「ほらみろ！　男じゃないか」

「ああ、胸はないな。こりゃ男か」

「だから言ったじゃないか。おい、俺に酒くらい奢《おご》れ」

ユリウスのシャツの前を大きく開いた胸を覗き込み、男たちが口々に好き勝手に言うのを聞いている。ゆっくりと目を開くと溜《た》まっていた涙がぽろっとこぼれ、視界は涙で滲んだ。ユリウスの抵抗は全く通用しなかった。それが死ぬほど腹立たしい。どんなに鍛えてもカイルのように逞しくなれない。見た目もまるで女性のようで、そんな自分が大嫌いだ。

「でも、こんな綺麗な顔してんだからよ……俺、いけるかもな」

「は？　おい、男だぞ。お前と同じもんついてんだろうが」

「だけどよぅ、ほら、見てみろよ。色っ白いしよぅ……下だって俺とは違うかわいいのがついてんじゃゃねぇかな」

「やめとけって」

再びユリウスの服に手をかけ、ベルトを外し始めた。ぐったりしていたユリウスも、ようやく頭がはっきりしてくる。無遠慮に服を脱がせようとする男の手を摑んだ。

「やめろ……変態！」

「ああ？　まだ抵抗するのか？　今度はその綺麗な顔をぐちゃぐちゃにして……ぐわっ！」

男は最後まで言葉を発せられなかった。横たわったユリウスの隣にしゃがみ、今まさにベルトを外そうとしていた男の姿が一瞬で消えたのだ。なにが起こったのかわからず、上半身を起こしたユリウスは辺りを見渡した。小太りの男は石畳を転がって壁に当たって止まる。ぐえっと無様な声が聞こえて動かなくなった。

「お前ら、寄ってたかってなにをしている」

ドスの利いた低く唸《うな》るような声だった。空気が痺《しび》れ、肌を突き刺すような怒気が辺りを支配し、それはすぐに攻撃的なアルファのフェロモンだとわかった。それを全身で受けた

ユリウスは恐怖のあまりに体が震えだし、歯ががちがちと音を立て腰が抜けた。足元に目をやると、そこに立っているのは騎士のようだ。見上げた顔は逆光でよく見えないが声には覚えがあった。

「ひっ！　カ、カミーユ様！　どうして、こんな場所に！」

「パレードの最中では、な、なかったのですか……っ」

二人の男は顔面蒼白《そうはく》で怯《おび》えながら後ずさりし、声はみっともなく震えている。明らかにアルファのフェロモンに恐怖を感じているようだった。男たちはベータだがオメガほど強い影響は受けない。しかし男たちはフェロモンとは別に、彼が騎士であることに縮みあがっているようだ。

「貴様らに心配してもらうまでもない。それで、三人で一人をリンチか」

騎士が一歩前へ出ると、男二人は三歩下がる。その向こうで蹴り上げられたであろう男が腹を押さえながらようやく起き上がった。

「も、申しわけありませんっ。ちょっとした興味で、つい……」

蹴り上げられた男は二人の男に支えられ、腹を押さえながら立ち去っていく。騎士にそれを追う気配はなかった。

「大丈夫か？」

三人の男が去っていくのを見届けた騎士が、ユリウスへ手を差し伸べる。アルファの攻撃的なフェロモンは途端に消えていた。そして見上げるとその騎士はカイルだ。声を聞いたときに似ていると思ったが、やはりそうだった。

「カイ、ル……？」

ユリウスが名を口にしても彼はなにも言わない。差し出した手をユリウスが取らないので、引っ込めてしまった。代わりにユリウスの前で片方の膝をつき、その目線を合わせてくれる。

「唇と膝から血が出ている」

カイルの指先がユリウスの頬に触れた。血の滲む唇にそっと触られピクッと反応する。その指先は温かく昔となにも変わっていない。ユリウスはカイルの目を見つめ、驚きで瞬きさえも忘れている。

目の前にカイルがいるというのに、たくさん聞きたいことがあるのに、言葉が出てこなかった。それはカイルの表情が硬く、どことなく冷たい感じがしたからだろうか。ユリウスは戸惑った。

そうしているうちにカイルが懐から布を取り出し、出血している膝に巻き始めた。布の端には金色の騎士団のマークが刺繍《ししゅう》されてある。白いハンカチにはユリウスの血で赤い染みが広がり、こんなに綺麗な布を汚してしまって申し訳ない気持ちになった。

「あの、カイル……カイルでしょ？　だって、カイルだよね？」

彼の手はやさしいのに、なぜか素直に喜べなかった。さっきのアルファフェロモンの影響だろうか。

「……」

カイルは返事もしてくれない。まるで怒っているかのような態度に、どうしていいのかわからなくなる。しかしユリウスはそれでも言葉を続けた。

「カイル、すごく立派になっていて驚いた。もしかして、隊長になったのかな。すごいな、カイルは。小さいときから剣術も毎日練習してたもんね。その成果かな？」

ユリウスはカイルが膝に布を巻くその指を見つめていた。うれしいはずなのに、なぜか胸騒ぎがしてしかたがない。カイルはよく喋る方ではなかったが、ユリウスの知っている彼はここまで無愛想ではなかった。

（なんだか、素っ気ないな……。僕は会えてうれしいのに……）

ここまで来てようやくパレードを見られた。会いたい、話したいと思っていたら運よくカイルに助けてもらえ、ユリウスにとっては好運以外のなにものでもない。それなのに……。

「ね、カイル。さっきの人たちがカミーユ様って呼んでたのはどうして？　パレードのときもみんなそう言ってた。どうして名前が違うの？」

ユリウスの足を手当てし終えたカイルが立ち上がる。僅かに俯いたカイルの視線は石畳を見つめていた。ユリウスは身なりを整えて立ち上がり、服の埃《ほこり》をパンパンと払う。横を向いたままのカイルの正面へと回り、不安げにカイルを見上げた。

「ねえ、カイル。なにか言ってよ。僕、街へ来るのもすごく楽しみにしてた。パレードで姿を見られて感激したんだ。まさかこうして会えると思ってなくってそれで……」

「早く帰れ」

「……え？」

笑顔で話していたユリウスの顔が固まった。聞き間違いかと思い、話の続きをしようとしたが……。

「もう話すな。ここへも来るな。お前は早くサンドリオに帰れ」

初めてカイルと目が合う。以前と変わらぬ漆黒の瞳は凄《すご》みが増し、その中には慟哭《どうこく》と孤独が見えた。

（カイル……どうしてそんな目をしているの？　一体、なにがどうなって……）

わけがわからないままユリウスは立ち尽くした。急に押し寄せてくる不安に胸が苦しくなる。手の届くところにカイルがいるのに、ふっと消えてしまいそうな感覚だった。捕まえていないと、あっという間に風のように立ち去ってしまいそうで怖い。

「あの……」

ユリウスはカイルのマントを掴もうと手を伸ばした。しかしそれを乱暴に払われ、路地裏にぱしっと乾いた音が響いた。

「カイル……」

手の甲に痺れたような痛みが広がった。ユリウスは叩かれた自分の手をぎゅっと握る。触るなという意味なのだろうが、まさかぶたれるとは思っていなかったので驚いた。

先ほどまで会えたうれしさで舞い上がっていたのに、今はなにをどう言葉にしていいのかわからず混乱する。

「言った通りだ。帰れ。今すぐに。何度も言わせるな。誰かがお前のその姿を見たら、また騒ぎになる」

冷たい声だった。やるせない感情がぐっと胸に詰まる。奥歯を噛み締めたユリウスはゆっくりとマントのフードを頭に被った。俯いてカイルの靴の先を見つめる。せっかく会えたのに、ようやく話せたのに、こんなに悲しい気持ちになるなんて想像していなかった。

元気だよと伝えたくて、カイルの活躍を聞きたくて、その一心で街へ来たというのに。

「カイルは……僕のことを忘れてたい、のかな？　会いたく、な、なかったんだね……。でも僕は会いたかった。顔が見たかったし話したかったよ。一日も、カイルを思い出さない日はなかった。きっとこれからも、僕は、カイルを忘れない」

ユリウスの足元に涙の跡がいくつもできる。泣くつもりなんてなかったのに、止めどなく涙があふれてきた。

ユリウスが思いを告げてもカイルは微動だにせず、足首まである青いマントが風で揺れるだけだった。きっとカイルは正面を見据えたままユリウスの方を向いてもいないのだろう。顔を上げてそれを確認する勇気も湧いてこなかった。

「なにも、言ってくれないんだ……」

ユリウスは下唇をぎゅっと噛み締めた。カイルはもう昔のカイルではなくなっている。努力家で思いやりがあり情に厚く、強く逞しいカイル。幼なじみで友人で頼れるお兄さんのように慕っていた。

「たくさんの兵を率いる隊長さんだから、昔の思い出に浸る暇はなかったって、ことかな……」

まるで嫌みのような言い方に、ユリウスは自分に対して腹立たしさを覚える。言ってはいけない言葉までが喉元まで出かかって、それを必死に抑えた。涙がその代わりのように次々とあふれてしまう。

「そっか。うん、ごめん。僕もう村に帰るよ。顔が見られて声が聞けてうれしかった。ずっと、カイルのことは忘れないよ」

やはりカイルからはなんの返事もない。きっと早く帰れと思っているのだろう。ズキズキと痛むのは、先ほど叩き落とされた手なのか、それともユリウスの心なのか。

「もう、会いに来ないよ。……さよなら、カイル」

ユリウスはカイルに背を向けて歩き出す。引き留めて欲しいと思った。冷たくしたのは理由があるのだと、そう言って手を摑んで欲しかった。しかしそんなユリウスの小さな願いは叶えられなかった。

レギーナの街を出て足元が石畳から土の道に変わっても、ユリウスは一人だった。そしてずっと歩き続けていたユリウスの足が止まる。目の前には森に向かって伸びる一本の道があった。月明かりと手に持ったランプがなければ、真っ暗で歩けたものではない。

そっと後ろを振り返る。レギーナの街は煌々《こうこう》と灯《あか》りを放っていた。パレードが終わっても街は眠らないようだ。あの中にカイルがいる。住む世界が変わってしまい、カイルも変わってしまった。ユリウスの金髪が綺麗だと言ってくれたカイルはもういないのだ。

また涙があふれそうになり、ユリウスは前を向いて歩き始める。夜は野宿をするのが普通だが、今は足を止めたくなかった。獣が出たら出たときだと自棄《やけ》になり、ユリウスは暗い森の中を進む。

そして朝日が顔に当たってようやく歩みが止まった。

「太陽はいつも元気だ」

地平線から顔を見せた朝の白い光は、ユリウスを励ますかのように照らしていた。泣き腫《は》らした目元は真っ赤で、それを見られているような気がして照れくさくなる。足の痛みは薄れ、カイルが巻いてくれたハンカチだけがやけに存在感を放っていた。

ユリウスは道の脇に見つけた大きな岩に腰を下ろす。途端に疲労がどっと押し寄せてきた。雲ひとつない青空には、気持ちよさそうに鳥たちが旋回を繰り返している。

ユリウスの胸の中にはぽっかりと穴が空いていて、色々な感情を歩きながら落としてきたような感覚だった。

「帰ろう。父さんも母さんも心配してるよね。叱られるだろうな」

寝ないで歩いてきたにもかかわらず、ユリウスはまた重い足を動かした。

早くいつもの毎日に戻りたい。そうすればいつかこの胸の痛みも消える、そう思っていた。

傷心で足も胸も痛めて帰り着いた家には、泣き腫らした母と鬼のように顔を赤くして怒る父がいた。ごめんなさいとユリウスは何度も謝り、最後には泣きながら三人で抱き合った。家族の温かみを身に染みて感じ、両親には心から悪いと思った。

◆　◇　◆

それから二年の月日が過ぎ、ユリウスは十八歳になっていた。日々平穏で、穏やかな日常が続いている。朝早く起きて牛舎へ行き牛の世話をし、午後からは母の農作業を手伝う。ときには父と一緒に山へ入り、猪や鹿を罠《わな》で仕留める。もちろんその罠を仕掛けるのは父で、もっぱらその補佐役をユリウスが務める。どこに罠を仕掛ければいいのか、そんな見分け方を父に教わった。

夕方前、母の農作業を手伝い終えたユリウスが家に向かっていると、背後から馬車の音が聞こえて振り返った。父が街から帰ってきたのだ。

「父さん！」

大きな声で呼び手を振った。馬車はユリウスの横でゆっくりと止まる。

「おかえり、父さん。売れ行きはどうだった？」

「いつもより多めに持っていったが、全部売れたぞ。ユリウス、家まで乗っていくか？」

父が後ろの方を見ながら言うと、ユリウスは頷いて荷台に乗り込んで座った。荷台にあった荷物は、言葉通りに全てなくなっている。なのに父の顔がなぜか浮かなくてユリウスは気になった。

「ねえ、父さん。なんだか元気がないね。街でなにかあった？」

動き始めた馬車はユリウスの体を揺らす。

父とは背中合わせで座っていたが、そう聞いてしまうほど父の顔は沈んでいたのだ。

「ああ、ちょっといやな話を聞いちまってな」

「いやな話って？」

真剣な父の声に胸騒ぎがした。思わず御者台に座る父を見上げた。馬の手綱を握り、真っ直ぐ正面を向いている顔は苦々しい。ユリウスが見上げているのも気づいていないようだ。

家に着いたら話す、と言ったきり父は黙ってしまった。一体なにがあったのかと、ユリウスは落ち着かなくなる。自宅の前に馬車が止まり、ユリウスは馬車から馬を切り離して馬屋へ引いていく。馬の世話を済ませ裏口から家の中へ入ると、いつもの席に父の姿があった。手を洗ったユリウスは、父の向かいに腰を下ろし様子を窺った。

「で、父さん……」

「ああ、そうだな。ラグイスさんのところへチーズを収めに行ったときに聞いたんだ。なんでも、カミーユ様が竜穴へ落とされるって話だと」

父の前に酒の入ったグラスを置いた母の顔が驚いた表情になる。しかしユリウスはポカンと父の顔を見つめたままだった。

「どんな理由があるのかは知らないが、カミーユ様はまだ二十一歳とお若いのに、どうして落とされるのかって、ラグイスさんのところで話していたんだ」

父が苦い顔でグラスの酒を口へ運んでいた。ユリウスはあまりにショックで声が出ず、ただ父の顔を見つめているだけだった。

「ユリウス、聞いているのか？」

「え、あ、……うん。ちょっと馬の様子を見てくるよ」

表情をなくしたユリウスは立ち上がり、今しがた入ってきた裏口から出ていく。外は真っ暗で、辺りは秋夜の冷たい空気に変わっていた。

（カイル……？　どういうことなんだ？　なんでカイルが？）

意味がさっぱりわからなかった。悪い夢を聞かされた気持ちだ。

カイルがアルファでカミーユだと知ったのは二年前のパレードの夜。それから間もなくして、カイルが王族で竜の血を持っていると、父が街で伝え聞いてきた。

あの日カイルがなぜユリウスに冷たくしたのか、その全てがなんとなく繋がった。王族でアルファのカイルが、ベータで村民のユリウスと関《かか》わり合いを持ちたくないと、おそらくそういう理由だったのだろう。寂しさは拭えないが、今はあのときのように取り乱して泣いたりはしない。だが納得はしていなかった。あっさりと切り捨てられるほどの友情だったのかと、腹立たしさが澱《おり》のように腹の底に積もっている。

さらによく考えてみれば、サンドリオ村にいる頃からカイルはベータとは思えないような身体能力と頭脳の持ち主だった。どんな理由で村にいたのかは知らないが、アルファだといわれても納得がいく。

王族として城に迎え入れられ今や騎士団長として活躍し、次期王として名前が挙がっているとの噂《うわさ》もある。そんなカイルがなぜ竜穴へ落とされるのか。

(父さんがデマに踊らされているんだ。きっとなにかの間違いだよね。噂は噂に過ぎないから……)

いやな予感が胸の中に渦巻いた。ユリウスは馬屋の脇にある丸椅子に腰を下ろす。そして竜穴について考え始めた。

サンドリオ村から東へ向かい、森を抜けた先には壮大なアシュタザの山々が目に入る。早馬でも途中で夜明かしが必要な距離にあった。父と狩りに出るときは二人でアシュタザまで向かうが、山小屋で数日過ごしながら狩りを行う。

そのアシュタザ山には竜穴と呼ばれる深く大きな穴があった。垂直の崖《がけ》が穴底に向かって続き、途中から円すい形になる。水の流れる音が聞こえるので、おそらくどこかの斜面から湧いた水が滝になり、底は湖となっているらしい。

その穴は古来から存在しており、大昔より罪人を処刑するために利用されている。人が落ちれば当然ながら生きていられないし、這い上がるのも不可能だからだ。

竜族は翼を持ち、穴に落ちても人から竜へ変化すれば飛んで逃げ出せる。それを考慮し、竜族の罪人は翼を奪われてから穴に落とされた。運よく斜面にしがみついたとしても、独特な穴の形状で這い上がれず途中で力尽きるだろう。

竜族でさえも生き延びられない穴。世間では竜穴の名称で知られるようになった。

穴の周囲、または崖の斜面には質のいい薬草が生える。街では高額で取引されるのだが、その不気味さに近づく者はいない。怨霊《おんりょう》の声とともに、穴へ引きずり込まれるという噂があった。

だが生活のために危険を冒し、父とユリウスは薬草を摘むことがあった。何度か肝が冷えるような出来事もあったが、背に腹は代えられなかった。

そんな恐ろしい穴にカイルが落とされる。死刑宣告だ。とても冷静でいられるわけがなかった。

「カイル……どうして、なにがあったんだ」

ユリウスは両手で頭を抱える。思い悩んだところでなにもできやしない。二年前のあの日、カイルと生きる道を違《たが》えたのだから。

だがそれでも、ユリウスはカイルを思っていた。今でも友人だと思うし兄のように慕う気持ちは変わらない。そしてもう一つの感情も、いまだ胸の中で燻っていた。

立ち上がったユリウスは馬屋を出た。こんな気持ちになったとき、向かう場所はひとつだ。

夜の森は不気味だが、しかし歩き慣れた道は懐かしさを連れてくる。次第にその歩調が速くなり、最後には駆け出していた。

子供の頃には急な坂だと思っていた丘へ続く道。今のユリウスはそれを難なく登っていく。この道を何度カイルと一緒に歩いただろう。

そしてこの大きなマホニアの木に登り、色々な話をした。木登りは今でも得意だ。ユリウスの体が大きくなった分マホニアの木の幹も成長し、力強くユリウスの体を支えてくれる。

街のある方へ目をやるが、そこには暗闇《くらやみ》しかない。レギーナの昼のような明るい光はサンドリオ村までは届かない。その代わりに月の明かりが周囲をじわっと照らす。

ユリウスは胸の前で手を合わせ指を組む。そっとカイルを思い、目を閉じた。竜穴へ落とされれば命はない。そして無力なユリウスにはこうしてカイルを思って祈ることしかできない。

悔しい、悔しい。

もうカイルには会えない。

二年前、レギーナの裏路地で冷たく突き放され、ユリウスに対してまるで興味がないような冷淡な横顔を見たのが最後だ。

カイルを思いながら、ユリウスの頬にいくつも涙の道ができる。噛み締めていた唇は震え、最後には嗚咽《おえつ》が漏れた。心を支える唯一のものがなくなってしまう。会えなくても、同じ空の下で生きていると思えば毎日が頑張れたのに……。

「カイル、カイル……、カ……イルっ」

ユリウスは何度もカイルの名を呼び、胸の奥から止めどなくあふれる痛みを必死に耐えるしかなかった。

◆　◇　◆

鉄の鍬《くわ》を何度も振り上げ、ざくざくと土を耕す。サンドリオ村には春がきていた。夏の野菜を育てるために急ピッチで土壌を仕上げなくてはいけない。ユリウスは鍔《つば》の大きな麦わら帽子を被り、日焼けしないよう首元には布を巻いている。

大きく重い鍬は容赦なくユリウスの体力を削っていった。まだ夏前だというのに日差しがきつく、こめかみをつつ……と汗が道を作った。

「ユリウス、お昼にしましょう！」

遠くの方から母の声が風に乗って耳に届く。ユリウスは自宅の方へ顔を向け、手を上げて応《こた》えた。

カイルが竜穴に落とされてから数カ月後、オシアノスの国王バルバトスが身罷《みまか》られた。街から顔面蒼白で帰ってきた父が、病死だったと教えてくれた。

その衝撃的な知らせはすぐ国中に広がり、国民の間では国王が身罷ったことより次期国王の話で持ちきりらしい。

オシアノスの国王バルバトス・デルタ・マルシェは、五十五歳にして髪も髭《ひげ》も真っ白で、いつも自信なさげな雰囲気だった。妻に娶《めと》ったドリスは、頭がよく機転が利き、実に美しい女性だと評判高かった。しかし女性に目がないバルバトスは、手当たり次第に側室を迎え入れたのだ。

第一王子のイーサムは、気弱なくせに色欲だけは強い実の父と折り合いがよくないという。自分はそうなるまいと虚勢を張り、利己的で傲慢《ごうまん》な人間に成長してしまった。

オシアノスの王政は最終的な決定権は国王にある独裁だ。だが前王のバルバトスは重要な案件は全て国の議会に任せきりで、実質お飾り的な国王だった。王政は側近であり議長のゴードン・リカド・ランチェスが筆頭となって決議し、国を動かしている。とはいえ、バルバトスが腑抜《ふぬ》けだからといって放埒《ほうらつ》せず、国王にも上手く取り入る知恵があった。お飾りの王だからと油断すれば足元を掬《すく》われてしまう。それを熟知していたゴードンは抜け目なく密《ひそ》かに自身の駒《こま》を増やし、水面下で勢力を伸ばしていった。

特に手中にしたかった第一王子であるイーサム。自己顕示欲が強く子供っぽい部分があったが、そういう人間ほど扱いやすく、またゴードンは人を操る術に長《た》けていた。

王位を継いだイーサムはゴードンを宰相に指名し、この数カ月間で瞬く間にオシアノスを自分の所有物にしていった。もちろんその糸を引いたのはゴードンである。

国民には重税を課し、自らは贅沢三昧《ぜいたくざんまい》。毎夜晩餐会《ばんさんかい》を開き享楽に耽《ふけ》った。そのためオシアノスの国状は急速に変化していた。ぎりぎりまで搾り取るイーサムのやり方に国民の不満は積もり、このままでは反乱が起きかねない状況にまで陥っていた。

例外なくユリウス一家も生活が苦しくなる。どれだけ稼いでもほとんど国に持っていかれるのだ。そう裕福ではなかったユリウスの家は、その日の食事もままならない状態にまで追い詰められている。

カイルや国王が亡くなりオシアノスはどんどん変わっていく。この先の未来に希望すら感じられない。

昼食を摂《と》りに自宅へ戻ると、いつもなら街に行商へ行っているはずの父の姿がある。家の空気は重い。牛乳やチーズ、作物を街へ売りに行っても今までの価格では完売しなくなった。値を下げてもなお売れ残るのだ。国王が代わる前までは、もっと持ってきて欲しいと言われていたのに、納品先を探すのもひと苦労らしい。

「父さん、帰ってたんだ。おかえりなさい」

「……ああ。今日も半分くらいは売れ残った。路上で捌《さば》こうにも、レギーナの街があああ活気がなくなりゃ……どうしようもない」

父は肩を落としていた。ユリウスはなにも言えず、そっと父の前に腰を下ろした。食卓に出るのは、街で売れ残った野菜や肉。三人で消費しても捨てる方が多いくらいだ。テーブルの上が商品で潤っても、心は満ちなかった。

こうしている間も城では毎夜のように夜会が開かれ、イーサムは湯水のように血税を使っている。国外から取り寄せた様々な品を運ぶ馬車が、ひっきりなしに街を走っていると父が言っていた。

もうオシアノスに活気はなく、代わりに怒りと不穏な空気が満ち始めていた。国民の我慢の上にイーサム王政は五年ほど続いている。

カイルが竜穴に落とされて五年。ユリウスの中でもようやく心の整理がつき始めている。決して忘れはしないが、突然前触れもなく涙があふれることはなくなった。

ユリウスは二十三歳になり、昔と変わらず透明感のある白い肌に金髪は健在である。青い瞳はさらに深みを増し、まるで本物の宝石のように美しくなった。顔からは子供っぽさが抜け、目を見張るような美丈夫に成長していた。それでも体格は同年代の男性に比べてかなり細い。毎日の仕事をこなすのもひと苦労である。

自宅から少し離れた場所にある牛舎で仕事を終え、畑の様子を見ようと歩き出した。途端に目眩《めまい》がして壁に手をついた。

「ふう……最近、体の調子がおかしいな」

吐いた息が熱い。怠《だる》さが抜けず、風邪《かぜ》かと思い安静にしても一向によくならない。両親に心配をかけまいと強がって見せていたがさすがにきつかった。

頭を過《よぎ》ったのは自身の性別についてだ。両親からはベータだと聞かされていたものの、ここ最近の体調は明らかにおかしい。悪い病気でなければ、考えられるのはひとつだ。

（まさか……僕、オメガじゃ、ないよね？）

ベータ同士の間に生まれた子供は高確率で同じベータだ。オメガが生まれるのは突然変異といわれるくらい確率が低い。

見た目が特異なので当初はオメガなのではと疑った時期もあったが、オメガ特有の発情期が、十歳くらいから十八歳の間に訪れなかった。だからユリウスは自分は確実にベータだと信じていたのだ。しかしここ最近の不調がオメガの発情期の初期症状に似通っていて、日を追うごとに不安も膨らんでいる。

（いや、大丈夫だ。ちょっと寝不足なだけ）

自分に言い聞かせたユリウスは畑の様子を見に行く。畑にはユリウスの背と同じ高さの支柱がいくつも立っており、それには青々とした蔓《つる》が巻きついている。立っているのがきつくなり、その場にしゃがんだユリウスは実った作物の様子を見ていた。

そのとき、馬が地面を蹴る音が聞こえて立ち上がった。数人が馬に跨がり、ユリウスの自宅がある方へ走っていくのが見えた。そのうちの一人は黄色と明るい緑色のローブを身に纏い、頭にはトースという三角の帽子を被っていた。遠目からでも警護兵をつけた王国議会の人間だとわかる。

（議会の人間が僕の家になんの用だ？）

急いで家に戻ろうとしたが、こんなときにユリウスの体はいうことを聞いてくれない。目眩に加え動悸《どうき》と息切れが襲い、真っ直ぐ歩くのもままならなくなった。

（な、んで……こんなときに……）

ユリウスはその場に蹲《うずくま》った。胸を押さえ、尋常ではない症状に恐怖さえ覚えていた。少し休めばよくなるかと思ったが、それはひどくなる一方だ。

「は、ぁ……はぁ、く、そ……なんだ、これ……」

こめかみから冷や汗が流れる。吐く息が熱く、視界がぐにゃりと歪んだ。どう考えてもこれはおかしい。

「早く……帰らないと――」

意志に反して、ユリウスの状態は悪化していく。そのうちに自宅の方が騒がしくなり、ユリウスは作物の隙間からそっと覗き見た。

「ここにいるのはわかっている。おとなしく差し出せば咎めはしない」

男の大きな声が聞こえて、ユリウスは目を瞠《みは》る。警護兵の男が父に詰め寄っていたのだ。

彼らは一体なにを探しに来たのか。

「一体なにごとですか？　ここにいるとは、なにがですか？　私どもは農作物を作って牛を飼い、細々と生活をしているだけです！　税金も滞納はしていないでしょう？　なにを差し出せというのですか？」

「ここにオメガの息子がいるだろう。どうして隠していた！」

兵士の一人がそう詰め寄ると、ローブ姿の男がそれを止める。そして今度はそのローブの男が父に話をし始めた。

「金髪碧眼《へきがん》、色白で華奢《きゃしゃ》な青年だ。君たちの息子だろう？　数年前に街で目撃されて以来、私のところに情報は入ってこなかったが……つい先日、ここにいると匿名で密告があった」

議会の男がずいっと前に出ると、父が一歩下がる。母は父に肩を抱かれて怯えるような表情だった。遠い場所の会話がなぜか聞こえる。嗅覚《きゅうかく》も聴覚も敏感になっていて、ユリウスは自分の体に起きている現象が怖くなった。

「息子の容姿に間違いないね？　そしてオメガだというのも、知っていたかね？」

議会の男がユリウスをオメガだと言って訪ねてきたようだ。それはあり得ない。自分はベータだ。少し前ならそう言って飛び出しただろう。しかし今の自分の状況を考えれば、それはできなかった。

（僕は……オメガかもしれない。これは、発情期の……症状――）

議会の男に問われても、両親は違うと言わなかった。それが答えなのだ。

ユリウスは畑の土を握り締めた。手にもそれほど力が入らなく、ほぼ倒れている状態である。青く大きな瞳から大粒の涙がこぼれた。

「ユリウス！　今すぐ逃げなさい！」

父の大声が聞こえた。兵士と揉めているようだ。ユリウスははっとして頭を上げる。力の入らない体を持ち上げ、自宅の方を見やった。ユリウスに逃げろと、父が何度も叫んでいる。兵士に両親は取り押さえられ、体を縄で拘束されていた。

「くそっ！　家の中を探せ！」

ローブの男が命じ、家の中に兵士たちが入っていく。両親はそれを止めはしなかった。家の中にユリウスがいないのを知っているからだ。ローブの男が注意深く辺りを見渡している。ユリウスが姿を見せるのを待っているのだろう。

（父さん……母さん。助けられなくて、ごめん、ごめんね……）

いうことを聞かない自分の体をようやっと持ち上げ、作物に身を隠しながらふらふらと歩き始める。自宅とは反対方向にあるアシュタザ山を目指して。

後ろを振り返ると、両親が兵士に連れていかれるのが見えた。体に縄をかけられ、まるで犯罪者のような扱いを受けている。それを助けられない自分が腹立たしかった。いうことを聞かない体も憎らしかった。

ユリウスの頬を涙が滂沱《ぼうだ》のごとく伝い落ちた。視界が歪み転びそうになるのを踏ん張りながら歩き、ユリウスは追っ手から逃れた。

アシュタザ山までは遠かった。木の虚《うろ》で震える体を抱いて夜を明かし、朝露で喉を潤し、野いちごや花ぶどうで腹を満たした。アシュタザ山まで三日もかかってしまったが、追っ手は来ておらず、ユリウスはなんとか山小屋に到着したのだった。

父と二人で建てた山小屋は質素だが、ひと通り生活できるよう道具は揃っている。ユリウスは小屋に入るとふらつきながら水瓶《みずがめ》に辿り着き、頭を突っ込むようにして水を飲んだ。三日の間にゆっくりと状態は治まりつつある。しかしユリウスは疲労困憊《こんぱい》の状態で、ベッドに体を横たえると死んだように眠りに落ちた。

数日間、山小屋で過ごしたユリウスは、体調が戻った頃合いを見て自宅へと戻った。人気はなくなっていて、作物は水をもらえず枯れていた。

ユリウスは大急ぎで牛舎へと向かう。牛たちは生きているがかなり餓《う》えているようだ。柵を外し、牛を解放した。ここで世話をするのはもう無理だろう。

自宅へ入ると、家の中は荒らされ放題になっていた。壁にかけてあった家族の絵は床に落ちていたが無事だ。ユリウスはそれを拾い、額縁から絵だけを抜いて折り畳み懐にしまう。他に必要なものを手早く鞄に詰め込むと足早にダイニングへ向かう。

「父さん……母さん。……ごめん」

三人で食事を摂ったテーブルを手で撫でると、なんでもなかった日々がかけがえのないものだったのだと思い知らされる。涙があふれそうになるのを必死に我慢しながら、後ろ髪を引かれる思いで自宅をあとにした。

山小屋へ戻る道すがら、何度も後ろを振り返る。両親やカイルと過ごしたのどかなこの村には、おそらく二度と戻れない。絶望の中、ユリウスは山道を登り始める。カイルが亡くなり両親が捕らえられ、ユリウスがオメガだったという現実。なにもかもが信じられない。

「僕は、どうすればいいの……カイル」

心の底から答えが欲しくて、か細く震える声が出た。しかし誰も教えてはくれない。ユリウスはただひたすらに、山小屋を目指して歩いていた。

第二章

フードのついたローブを身につけ、腰には短剣と矢筒を下げたユリウスは、急斜面の山を登っていた。手に弓を持ち、左手首には騎士団の刺繍が入った布を巻きつけていた。眩しいほど真っ白だったそれは、すっかり汚れて面影もなかった。それでもこれを肌身離さず持っている。カイルとの最後の思い出だからだ。

ユリウスは周囲の物音を注意深く探った。雨上がりの山道は足元が悪い。急な上り坂は、どれだけ気をつけていても僅かに滑ってしまう。葉の上には水滴が溜まり、ユリウスの肩が触れるとそれがぱらぱらと弾け落ちた。

山小屋で生活を始めてから七カ月が経過していた。ここでの生活は慣れているから苦ではない。雨漏りのする屋根や隙間風が入る壁など、できる範囲で修復をした。苦労したのは裁縫だった。さすがに母からそこまでは教わっていない。それでも下手なりに続けていれば、できないことはないようだ。

ユリウスは竜穴に向かっていた。人が立ち入らない、アシュタザ山の中腹にある大穴。

その周辺に生息する薬草は万能で、父とも何度か足を運んだ経験があった。街で売れば高額で買い取ってくれるが、なににしても危険が伴う。

それは穴の周辺もしくは穴の岸壁に生えており、摘むには命がけだ。危険度が高い分、実入もいいのだが、ユリウスは売るためではなく自分で使うために取りにきた。薬は重要だ。街へ行けばそれなりに手に入るが、ユリウスはこの山から出られない。なので薬草の類《たぐ》いは自分で採取し、保存しておく必要がある。それも怪我《けが》や病気をしてから、この崖を下りるのは不可能だ。

「よし、この辺だな」

穴の縁までやってきたユリウスは、崖のギリギリに立って下を覗き込む。吹き上げる風でローブのフードが後ろへ飛んだ。露に濡《ぬ》れた髪も風で煽《あお》られる。

この場所には何度か足を運び、薬草の生えている場所を確認していた。そして万が一にも誰かと鉢合わせをしないように、雨上がりの今日を狙う。足元の悪いこんな日に、竜穴に近づく者はいないだろう。足が滑って落ちればそれまでである。

腰にロープを巻き、近くの太い木に端を結ぶ。腕にロープを絡ませ、崖の斜面に足を突っ張る。ゆっくりと体を穴の方へ傾け下りていく。ときおり吹き上げる風にバランスを崩されないよう慎重にだ。

（足場が濡れてる。ゆっくりゆっくり……）

下を見ると黒い空間がぽっかりと口を開けていて、今にも飲み込まれてしまいそうで、まるで地獄への入り口みたいでぞわっとする。こんなところにカイルが落とされたのかと思うと胸が痛くなった。

ユリウスは注意しながら崖の斜面を下りる。十メートルほど来たところで、白い三角形の花弁がついた小さな花の群生に近づく。ユツノサワ草だ。花に手を伸ばしたユリウスをからかうように風に揺れ、摑もうとする手から何度もすり抜ける。

ようやく最初のユツノサワ草を摘み取り、腰に下げた籠《かご》に入れた。すぐに次の草に手を伸ばす。しかし雑草が邪魔をして思うように摘めない。ユリウスは腰からナイフを取り出し、その雑草をざくざくと刈り取って捨てる。風に舞い上げられてあっという間に散った。

ようやく必要な分を摘み取りほっと息を吐くと、穴の底から今までとは比べものにならない強風がユリウスの痩身《そうしん》を揺すった。

「わっ……！　あ、ぶなっ……」

ロープを握り締め崖に足を突っ張って耐えるも、バランスを崩したユリウスの体は左右に振られる。ぎりぎりとロープの上部が出っ張った岩で擦《こす》られる音がする。まずいと思ったユリウスは、すぐに予備のロープを腰から取り出した。近くの尖った岩にかけようとするが、体の自由を確保できず強く背中を打ちつける。

「うっ……く、あ……」

どすっという鈍い音のあと、背中に激痛が走り瞬間的に息が詰まる。痛みで目が開けられず、ユリウスの体は木の葉のように煽られた。

ようやく痛みが引いてきたとき、ロープのテンションがふっと消えた——。

「え……っ」

ユリウスの体は宙に放り出される。そして次の瞬間、ごぅ……と風の騒音で耳は塞がれた。大きな声を出したと思う。しかしそれさえも掻き消され、ユリウスは暗い地獄の穴へと吸い込まれていったのだった。

◆　◇　◆

冷たいなにかが頬に当たっている。水の音が聞こえ、自分がどうなったのかまだ把握できなかった。重い瞼《まぶた》はなかなか上がらず、沈んだ意識の中で音だけを聞いている。

（なんの、音……だろう）

なにか動物が水浴びでもしているような音だ。ユリウスはゆっくりと覚醒《かくせい》し、目を開いた。薄ぼんやりとしたそこは見慣れない知らない場所だった。

「な、に……？」

声を出したはずなのに、ほとんど息だった。僅かに頭を持ち上げると背中に激痛が走って顔を歪める。岩の天井を見ながらユリウスは考えた。

(薬草を摘みに来て、穴に下りて……風に煽られてロープが切れて……落ち、た)

自分は死ぬのだと数秒後に悟ったとき、これでカイルの側に行けると安堵《あんど》したのを思い出した。しかし目を閉じて体の力を抜いたとき、なにかに摑まれた気がした。地獄に引きずり込む亡者の手がユリウスを捕まえたのだと思った。そして意識が途絶えたのだ。

(ああ、ここは地獄なのかな？)

そう思ってみたが、背中の痛みがやけに現実的だ。辺りを注意深く観察し、頭だけを右の方へと向ける。どうやらここは洞窟《どうくつ》のようで、入り口からそう遠くない場所だ。ユリウスは自分が着ていたマントの上に寝かされていた。頭の下にはユリウスが肩から下げていた鞄がある。

「人……？」

驚いたのは、洞窟の入り口付近で水浴びをする長髪の人間がいたこと。腰に布を巻いた上半身裸の男だ。ユリウスは瞬きも忘れてその人を見つめる。

水浴びをしている人に声をかけても、掠《かす》れた虫の声しか出ない。動こうにも背中の痛みでぴくりとも無理である。

（あの人は誰だろう。こんな穴の底に人がいるなんて……）

竜穴の底だ。生きている人間などいないはず。亡霊か悪魔か。とても現実とは思えなかった。そして彼はどう考えても罪人だ。この場所に落とされるのは罪人しかいない。カイルを除き——。

痛みを我慢して体を動かし、鞄の中からナイフを取りだして鞘から抜いた。罪人なら危険だ。そう思ってナイフの柄を握り締めたとき、水浴びをしていた男の動きが止まる。前触れなく振り返り、水を滴らせながらこちらに向かって歩いてきた。だが顔は逆光で確認できず、ユリウスは恐怖で身を強《こわ》ばらせた。

「目が覚めたか」

洞窟内に聞き覚えのある声が響き、懐かしさで全身がぞくっと震える。

「カ、イル？」

「懐かしい呼び名だな。ここ数年、誰にも名前を呼ばれてない。カミーユともカイルとも」

カイルがユリウスの側にあぐらをかいて座る。顔を覗き込まれてようやく正面からその顔を見た。どこか疲れていて生気がなく顔色も悪いが、ユリウスの知っているカイルだった。最後に見たときよりもずいぶん大人の男性になっている。

「い、生き、てた……うれしい。会えてうれしい……。本物、だ。カイル……っ」

ユリウスはカイルの顔を見つめたまま、ぼろぼろと涙をあふれさせた。涙が目尻《めじり》から耳の方へと流れていく。視界はゆらゆらと滲み、もっとちゃんとカイルの顔を見たいのに、瞬きで涙を落としてもすぐにあふれてしまった。

「泣くな、ユリウス」

「無……理。だって、僕……も、もうカイルは、死ん、だって……思っ――」

ひっ、としゃくり上げ、掠れた声は途切れた。起き上がってカイルに抱きついて、本当に本物か確かめたかった。だがまだ起きるのは無理なようだ。代わりに手を伸ばしてカイルの膝に触れる。

「背中を痛めている。今は動くな」

「カイル、髪が、長い」

腰くらいまである髪が五年の月日を物語っていた。そのくせ無精髭のひとつもないなんて笑ってしまう。地獄かと思った先にあったのは天国だった。

会いたくて焦がれた人がすぐ隣にいて、触れてくれている。泣かずにはいられなかった。

「俺がここに落とされてから……どのくらいが過ぎた？」

「えっと……五年半くらい、かな」

膝に触れたユリウスの手をカイルが包むように握ってくる。その骨張って細い指は、ユリウスを不安にさせた。こんな場所ではろくな食事もできなかっただろう。むしろ生きていただけでも奇跡である。

「ここは、地獄じゃなかった。また会えると思ってなかったから、僕にとっては天国だって、ねえ、僕……生きてるよね？」

「ああ、生きてる。だが天国かどうかはわからない」

五年の孤独に耐え生き抜いた男の憂いのある瞳は、濃い闇を孕《はら》んでいるようだった。この穴で一人きり、誰とも話せず昼とも夜ともわからない場所でただ生きてきたのだ。望みが叶う可能性も皆無なのに……。

落ちてくる罪人を何度も目にしただろう。カイルがそれをどんな思いで見て、どれほどの絶望を感じていたのだろうか。

「でもやっぱり、僕には天国だよ。カイルが、一緒だから」

笑ってみせてもカイルの表情は暗いままだ。彼の心の闇を思うと、また泣き出しそうになる。

「考えてみれば、ユリウスとはレギーナの街で会って以来だな。お前はまた綺麗になった。青い瞳も金の髪も、美しいままだ。それに、これを大切に持っていてくれたんだな」

悲しみに塗られた黒い瞳でこちらを見下ろし、昔を思い出すようにカイルが目を細めた。その視線がユリウスの手首に注がれる。

「うん……。かなり汚れちゃってるけど、これは僕のお守りだから。一度も手放したことはないよ」

最後に会ったとき、カイルはユリウスには冷たかった。お前など知らない、そう言われているようでつらかったのを覚えている。でもこれが痛む膝とユリウスの心をそっと覆ってくれていた。

「あのときは、冷たく突き放して悪かった」

「……いいよ。そりゃちょっとは泣いたけど、でもこうして会えたんだもん。それにカイル……あ、カミーユにだってなにか事情があったんでしょ？」

「お前を守るために、ああするしかなかった。泣かせて、すまない」

「僕は忘れてないよ。カイ、カミーユに助けてもらったこと。ありがとう。ずっとお礼を言いたかったんだ。……それに、また会いたかったし話したかった。こんな形だけど僕の願いは叶ったかな」

「ユリウス、昔のようにカイルと呼んでもいいぞ？　特別に許す」

「いいの？」

「ここには俺とお前だけだ。好きに呼べばいい」

カイルがやんわりと微笑んでくれた。それを見た瞬間、胸の中に留《とど》めていた感情が一気に動き出す。カイルに会えたら伝えよう、そう思っていた気持ちを抑えられない。

穴の中に二人きり。言ってしまえば気まずくなる可能性もある。しかし今言わなければ、またチャンスを逃すかもしれない。そう思うと我慢できなかった。

「僕、カイルが……カイルが好きだ。子供の頃からずっと……好き。でも子供のときみたいな友達の好きとは意味が違うよ。……もう失いたくない。ずっと一緒にいたい」

地べたに寝転がって泣きながら、みっともない告白になってしまった。だが膨れ上がった感情を抑えるのは不可能だった。

「ユリウス……」

驚いた顔でカイルが見つめてくる。きっと当たり前の反応だ。

「この穴の中だと、本当に言葉通りずっと一緒だけどね。あはは」

照れ隠しで笑ってみせるも、カイルは無反応のままだ。どきどきしながら返事を待つも、どうやらユリウスの告白に答える気はなさそうだった。

（あ、れ……？　もしかして僕の片思い、なのかな）

もしかしたらカイルも好いてくれているのではと思ったが、勘違いかもしれない。それに生きることが最優先のこの場所で、いきなり好きだの嫌いだのとそんなことに構ってられないのだろう。だからユリウスは答えを追及しなかった。カイルには思いを知っていてもらえるだけでいい、そう自分に言い聞かせる。

背中の痛みが癒《い》えた頃、洞窟やこの竜穴がどうなっているのかを知りたくて探検を始めた。

カイルが水浴びをしていた場所は大きくて平らな岩盤になっていて、膝くらいまでしか水位がない。見上げるとそこには夜空が見えた。この穴は器を逆さまにしたような形になっており、穴の中央上部がぽっかり丸く空いている。そこから丸い月と星空が見えたのだ。

「え、空が……見える」

上からこの穴を覗いたときは真っ暗で、太陽の光など届かないと思っていた。なのに下からは空が見える。それに湖の底は濃いバレヌブルーで、湖を囲む岩肌は白っぽく淡い光を放っていた。

（岩が光ってる、のかな？）

どうしてそうなるのかユリウスにはさっぱりわからない。そしてその岩肌からはいくつもの細く長い滝が湖に落ちている。ここは不思議な空間だった。とても地獄には思えない。

（まあ、天国とも思えないけど）

カイルは腰にくたびれた布を巻き、湖の脇にある背の高い岩の上に座っている。ぼんやりと空を見つめていた。ユリウスの知っている力強い瞳の面影はない。声をかけようと思うが、なんとなくタイミングが摑めなかった。せっかく会えたのに、カイルはどことなく悲しげに見える。

（久しぶりに会えたのに、カイルはうれしくないのかな）

心なしかがっかりしてしまう。もうだめだと思った矢先に助かり、目を開けると会いたかった人がいた。ユリウスはうれしくて好きだと打ち明けたのに、反応がない。やはりそれが答えなのか……とつい考えてしまう。

（いや、今はそれよりもっと大事なことがある。ちゃんと聞かなくちゃ）

カイルから少し離れた場所にユリウスは腰を下ろした。ただぼんやりとしている姿を見つめ、声をかけるタイミングを計っていた。

しばらくしてユリウスは立ち上がり、そっとカイルに近づく。しかしその気配にも気づかないのか、瞬きもしない彼の目は虚《うつ》ろだった。

「カイル、あの、さ……」

「……。うん？」

振り返ったカイルの目にはなにも映っていないようだった。こうなってしまった彼を哀れに思うが、これからはずっと一緒にいられる。そうしたら少しは元気を取り戻すかもしれない。

「聞きたいことがあるんだ。いいかな？」

「なにが聞きたい？」

カイルが体を左にずらし、ユリウスのために場所を空けてくれた。そこにちょこんと腰を下ろし、湖の方へ足を放り出す。

あのね、とユリウスがカイルの顔を覗き込んだ。目が合った瞬間、全身にびりびりっと電流が駆け抜けた。

「ぅあっ！」

思わず声が漏れる。そのあとにきたのは急速に速まる鼓動と、体の奥から爆発的に広がる熱だった。寒くもないのに体が震えだし、腹の奥に火の玉が生まれたかのように熱くなっていく。

「ユリウス、どうした？」

「わ、わかかな……い。なんか……へん、だ」

急激に呼気と顔が熱くなる。瞬きをすると潤んでいた目から涙がぽろりとこぼれた。自分の体になにが起こったのかわからず、ユリウスは怖くてしかたがなかった。助けて欲しくてカイルの腕に触れると、ばちっと電気が走る。

「……っ！　なんか、僕、おかし……」

体中の血液が沸騰しているようだった。ユリウスはこれに似た感じを知っている。初めての発情期、それから定期的にやってきたあの苦しさともどかしさと餓えた感じ。だが今は側にカイルがいる。確か彼はアルファだ。まずいと思ったが遅かった。

(周期は、まだ、なのに……っ)

定期的にきている発情期がこのタイミングで出るのはおかしい。どうしよう……とカイルを見つめると、彼の方も同じように様子がおかしく、さっきまで虚ろだった目はみるみるうちに血走っていく。

「ユリウス……お前、その匂い――」

カイルが顔を赤くして、手で口を押さえている。

「な、に……匂い？　なに？　どうしよう……僕、体が……おかし、い」

呼吸が荒くなる。肩で息をしながら胸を押さえ、大きく息を吸った瞬間、脳髄を強烈に刺激するような強い匂いが入ってくる。ユリウスの体の力は一瞬で抜け、ひどい目眩を起こして岩の上から落ちそうになった。

「危な……っ」

カイルが咄嗟《とっさ》に背中を支えてくれる。岩から落ちるのは免れたが、触れられたところが焼けるように熱く感じられた。自分でも信じられないほどカイルに対して発情し、彼の精を欲している。

「カ、イル……僕……あ、あぁ……君が、欲しい……すごく、欲しい――」

口にしてしまえばとてつもなく巨大な切なさがやってきて、腰の奥がずきずきと疼《うず》いた。股間《こかん》が熱く硬くなり、めちゃくちゃに扱《しご》きたくなる。理性なんかで抑えられない。発情期のそれに似ているが、しかしもっと強烈で抗《あらが》えないものだった。

ユリウスはカイルにしがみつき、抱いて欲しいと懇願するような眼差しを向けた。

「あ……、あ、……カイ、ル……」

「ユリウス……お前まさか――」

カイルがなにかを言いかけたが、しかしそんなのはどうでもよかった。口を塞がれて熱烈なキスをされ、燃えるような熱い舌が口腔《こうこう》に入ってきたかと思うと、荒ぶる大蛇のように暴れ回った。ユリウスの舌をまるで獲物のように追いかけ回し、絡み取って吸い上げられる。

「ん……んっ、ぅんっ」

敏感な粘膜をぬっとりと舐め上げられて、ぞくぞくと背筋が震えた。押し寄せる快感に身が震え、夢中になってカイルと唇を重ねる。

「カイ、ル……して、してよ……あ、もう――無理、無理だ……」

閉じていた瞼を開くと、我を失ったカイルと視線が合った。さっきよりもずっと血走って野性的なものだ。ユリウスはカイルに抱きかかえられた。洞窟内でユリウスが横になっていた質素な布の上に下ろされる。

「ユリウス……っ」

嚙みつくような口づけが合図のように、ユリウスの衣服が荒々しく剝ぎ取られていく。唇がぴったりと合わさり、口腔にはカイルの舌が押し入ってくる。息つく間もなく舌を絡め取られ再び吸い上げられた。

「んっ、んぁっ……、は、ぁんんっ」

一瞬だけ口が離れて喘《あえ》ぐように息を吸うも、再び塞がれてしまう。カイルの手がユリウスの背中をいったりきたりと撫で回す。いつの間にか下半身を覆う布以外は脱がされていた。触れているところ全部が敏感で、擦れあうと信じられないくらい痺れて気持ちいい。

「あまい……匂いだ」

「カイルも……カイル、して」

至近距離で見つめ合い、お互いの本能が欲しがっている。カイルの口づけが終わったかと思うと、その唇は首筋をなぞって下へと移動する。胸にある二つの突起の片方にしゃぶりつかれ、ユリウスは初めての刺激に背中を仰《の》け反《ぞ》らせた。

「あっ、あぁっ、……く、ぅんっ」

もう片方は指先で強く摘まれ、くりくりと弄《もてあそ》ばれる。えも言われぬその快感は、ユリウスをさらにおかしくしていく。

(なにこれ……なんだ、これ――。体が熱い……頭が変になる。苦しい、欲しい欲しい……カイルが欲しい)

衝動はあとからあとから湧いて出てくる。ユリウスは両腕でカイルの頭を胸に抱え込む。じゅるじゅると淫《みだ》らな音を鳴らして乳首を吸われ、ときに乳暈《にゅううん》ごと噛みつかれた。その痛みさえも快感にすり替わり、さらにユリウスの欲情を搔き立てる。

「カイル……カ……ルっ」

腰の布を取り去られた。そこは今までになく熱を持ち疼いていた。しかしもっと腰の奥の方がその疼きはひどい。初めての発情期の比ではないくらいのもどかしさだ。

(腰の奥……中が、うねってる……。カイルが欲しい、欲しくてたまんない)

　ユリウスは自ら腰を持ち上げてカイルの腹に下半身を擦りつけた。こんなに淫らな気持ちになったのも、自ら腰を揺らしたのも初めてだ。肉茎が擦れるとまた新たな快感を生む。欲しいのは、カイルの精だった。

「はぁっ、はあっ、は、あ、もう、カイル……僕、おかしくなる……ねえ、カイル……っ、めちゃめちゃにしていいから、して」

「俺も限界だ。これを……挿《い》れる」

　体を起こしたカイルが、膝立ちになってユリウスを見下ろす。そして腰布を自ら取り去った。そこに聳《そび》えて出たのは、凶器のような肉塊だ。その幹にはいくつもの血管が浮き、張り出した亀頭はユリウスのそれと比べものにならないほど大きい。透明な涙を垂らす鈴口はひくひくと開閉を繰り返している。

「お、きい……」

　ユリウスはゴクリと喉を鳴らした。今からこれで貫かれる。怖いような気もしたが、もう体が限界だった。後孔からどぷっと愛液があふれたのがわかった。もうこの体はアルファを受け入れる準備ができているのだ。

　カイルに腰を摑まれたかと思うと、あっという間に俯《うつぶ》せにされる。尻を高く上げさせられ、硬い岩で膝が擦れて痛くてもどうでもよかった。今は中を強く激しく擦り、精を放って欲しいという衝動しかない。

「あ、は、あぁ……は、早く挿れ、て……カイル……ちょうだい、ここに……ちょうだい」

腰を上げた状態で両手を後ろへ回し、尻の肉を摑んで左右に拡《ひろ》げてみせる。恥ずかしいとかみっともないとか、そんな羞恥《しゅうち》は理性とともに消えていた。くぱっと開いた後孔から止めどなくあふれる愛液が、乾いた石の上に淫らな染みを作る。

「くそっ……」

それはどこか切羽詰まったカイルの声だった。後孔に指を入れられ、中をぐりっと撫でられる。足の間からぼたぼたと愛液が滴り落ちるのがわかった。

「ひっ……う、ぐっ……あ、んんっ……なに、それ、じゃない……っ、やっ、ああ、カイル……ちがう、太いのちょうだい……っ」

欲しいのはカイルの肉塊で指ではない。しかし弄《いじ》られると信じられないほどの快感が背中を駆け上がり全身が痺れる。指先に足先に毛先に、それが行き止まり溜まっていく。中を擦られるたびにあまく切ないもどかしさと、中毒になりそうな快楽が脳髄を刺激してきた。それは意識が飛びそうなほど強烈である。

「は、ぁ……、ユリウス……」

カイルの両手が尻を掴む。左右に開かれたかと思うと、その中心に燃えるような熱塊が押し当てられた。

「あ、あ、ぅあ……っ」

愛液をあふれさせ、開いたその蕾《つぼみ》に肉塊が挿入される。ぐちゅっと卑猥《ひわい》な音とともに灼《しゃく》熱《ねつ》の棒が体の中へと入ってきた。粘膜が擦れるとそこから快感が広がり、感じたことのない喜悦が生まれていく。

「あ、あぁ、あああぁぁぁっ！」

楔《くさび》が一気に奥まで突き入ってきた。悲鳴のような喘ぎを漏らし、ユリウスは瞬く間に達してしまった。足の間には愛液と白濁したものが飛び散る。目が眩《くら》みそうな強い愉悦に息をするのさえ忘れ、それなのに肉筒はもっと欲しいと言わんばかりにカイルを締めつけた。

「くっ……ぁっ……ユリウス……締めるな」

「やだ、なに、やだ、ああ……うご、あぁ……もっと、もっとして……カイル、中、かゆ、い……もっと擦ってぇ……」

まだ腰の奥が熱い。さっきのように餓えた感覚はひどくなる一方だ。

「ユリウス……」

カイルが名を呼び動き出す。突き入った楔が引き抜かれ、再び突き入る。奥をずんと突かれると太腿《ふともも》がぶるぶると震えた。体が与えられる快感を全て取り込もうとしているようだった。

（なにこれ、すごい……おかしくなる……でももっと気持ちいいの欲しい、欲しい欲しい……）

獣のような格好で尻を犯されていても、ただ快楽を追いかけることしかできなかった。もっと強く中を擦って欲しくてたまらない。カイルが欲しくてたまらない。

「もっとして、カイル、もっと擦って、もっと……ねえ、お願い……熱いの、ちょうだい」

上半身を捩《よじ》ったユリウスは、きりきりと痛むように痺れた乳首を自分で摘まんで刺激しながら、正気なら言えないような言葉を口にしていた。

カイルは獣のような呼吸で荒々しく腰を動かしてくる。背後から突き上げられて体が前方へずれる。しかし両腕を後方からカイルに摑まれ引き戻されるので、これでもかと楔が奥へと這《は》い入《い》ってきた。

「あ、ぅぐっ……ぁ、あぁっ……あ……ぅっ、んあっ、あ、んっ、いいっ、あ、すごい、気持ちいいっ」

激しさを増す動きに、ユリウスの上半身が膝を支点に持ち上がる。それでもカイルの攻

めは弱まるところを知らない。尻の肉が形を変えるほど背後から突き上げられ、ユリウスの視界は揺れる。腰から下がぐずぐずになっているのに、まだもっとして欲しいと思うなんてどうかしていると思う。

「ユリウス……出す、ぞ」

腰を打ちつける強さと速さがさらに増し、カイルの切羽詰まった声が聞こえた。全身にびりびりと電気が駆け巡るような快楽が広がり、マグマのような熱が腰の奥に広がった。

「んっ、ひっぅ……っ、あぁぁあああっ――!」

ユリウスの体は強烈な絶頂に呑《の》み込まれた。快楽に晒され、発したことのないような淫らな声で喘いでいた。ユリウスは二度目の吐精に身を震わせ、長く続く気持ちよさに全てを委《ゆだ》ねた。

(中で……中で、出てる。カイルのが……まだ出て……る)

まるで果てがないかのように、カイルの精が中に出されていた。それがこれほどまでに心地いいなんて知らない。

目を閉じたユリウスが瞼の裏で見たのは、暗闇の中で金色に輝く光の球だった。それがゆっくりと近づいてきて目の前で弾ける。その中にカイルの意識を感じた。とても不思議な感覚で、快楽とはまた別のなにかだ。体の中にカイルがいて、彼と肉体ではないなにか別のもので繋がったような感じだった。

（これは……なに？　僕とカイルがひとつになってる……）

ユリウスはアルファとオメガの交わりがどういうものかを知らない。だからこれが普通なのかそうでないのかすらわからない。とても奇妙でひたすらに心地よかった。さっきまでの切なさやもどかしさは消え、ただただ多幸感に包まれる。

溶け合うような……そう表現していいかもしれない。まるでカイルと同化し混じり合ったような奇妙な感覚である。

「ん、ふぅ……ぁ」

それに浸っていたユリウスだったが、再び動き出したカイルに驚いて振り返った。

「カイ……ル？」

「まだ、足りない……」

ユリウスの中で脈打つ熱を硬くさせ、息を荒らげながら抽挿を始める。治まりかけていた淫靡《いんび》な熱がまた疼きだした。

「や……、ぁ、なん、で……」

「ユリウス……お前を、助けなければ、よかった」

衝撃的な言葉を耳にした。どういう意味なのか、なぜそんなことを言うのか。そんな疑問は、腰の奥から生まれ始めた快楽が残らず覆い尽くしていく。無尽蔵に欲しがる体はコントロールできない状態だった。

「あ、ふっ……ぅ……っ、んんっ」

体を揺さぶられ、中を擦られるとひとたまりもなく、ユリウスは快楽の海に放り投げられる。ゆっくり上半身が地面に下ろされ、摑まれていた腕から手が離れる。するとカイルが背後から覆い被さり、首の後ろをいやらしく舐めてきた。ユリウスはびくっと体が強ばり、そわそわした気持ちが抑えられなくなる。

「首、噛ん、で……カイル」

オメガの本性がどういうものか知らないユリウスは、内に秘める本能にただただ突き動かされ口走った。

止まらなかった。止められなかった。

これはオメガの性《さが》だ。意志など関係ない本能の固まりとなる。

自分はオメガで、カイルはアルファ。

アルファを誘惑フェロモンで強制的に発情させ、その精を求めるのはオメガにとって当然なのだ。

「ユリウス……、く、そう……」

首元に吐息がかかった。噛まれる、そう思った。しかしいつまで経っても痛みはやってこなかった。

(なんで……)

首筋になにかが垂れる感覚があり、ユリウスは肩口に目をやった。そこには一筋の赤い道が見え、鉄の匂いが鼻孔に流れ込む。これは血だ。血が流れているのにちっとも衝撃がない。

(なん、で……?)

カイルが噛んでいるのは自分自身の手だった。ユリウスのうなじを自身の手で覆い、その上から噛みついていたのだ。

「カイル……、ど、して……」

「もう、喋るな」

カイルは何度も自分の手に歯を立て、同時にユリウスの中を強烈に擦り上げてくる。うなじを噛んで欲しかった。それなのにカイルは最後の最後で本能に抗ったのだ。強靭《きょうじん》な精神力で。

——お前を、助けなければ、よかった。

うなじを噛まないカイルと、さっきの言葉がリンクする。

なぜ、どうして――。

嚙んでくれないカイルに腹立たしささえ覚え、それなのに体の奥からあふれる愉悦に思考が流されていく。快楽の渦に呑み込まれたユリウスは、何度も絶頂を迎え、言葉通り精も根も尽き果てて意識を失った。

◆　◇　◆

この洞窟には生活に必要なものがほとんどなかった。ユリウスが落ちてきたとき、鞄に入っていた二日分の食事とナイフ、ロープに火打金くらいだ。二日分の食事は全てユリウスが食べた。半分に分けようと言ったのだが、頑としてカイルが受け入れなかったのだ。

ユリウスは洞窟の出口付近でごろんと横になり、丸い夜空を見上げている。いつも見ている空よりは狭くなってしまったけれど、こうして夜空を見られるのはうれしかった。

(僕……カイルと、しちゃったんだ。でも……首は嚙んでくれなかったな)

カイルと激しく体を重ねたあとは少しつらかったが、今は起きられるようになった。カイルの面倒見のよさは子供の頃から知っていたが、やたらと甲斐甲斐《かいがい》しく世話を焼いてくれたおかげである。

——お前の、オメガのフェロモンにあてられた。ひどくして……すまない。

そんなふうにしおらしく謝られては、首を噛まなかった理由を突っ込んで聞けなくなった。互いに発情した状態でアルファがオメガのうなじを噛めば番《つがい》になり、そうすればユリウスの誘惑フェロモンも出なくなるのだが——。

（もしかしたら、僕と番になるのはイヤなのかも……しれないな）

お互いに本能が剝き出しの状態でも、カイルはなけなしの理性で一線を越えなかったのだ。だから手の甲の傷に巻かれた布を目にするたびに、ずーんと気分が落ち込む。

（また僕の発情期がきたら、カイルはどうするんだろう）

また理性で抗いぎりぎりのところで耐えるのだろうか。そう考えると胸の奥が痛くなる。噛んで欲しかったし、カイルとなら番になりたかった。むしろカイル以外となんて考えられない。

「でも、カイルは違うのかな」

ここには二人きりで、このまま死ぬまで一緒かもしれないのに……。考えれば考えるほど悲しくなる。少なくとも嫌われてはいないと思うが、その考えさえも間違っているような気がしてきた。

このままだとまた近いうちに発情期がやってくる。そのたびにフェロモンにあてられたカイルと体を重ねるのか。意思とは関係なく本能で。正気に戻ればまた謝罪され……。そんな愚にもつかないことを繰り返す羽目になる。そんなのはユリウスにとっては地獄だ。だが解決方法はひとつだけある――。

（ここから出られればあるいは……。二人でならなにかいい案が浮かぶかもしれない）

上へ行くほど急になる崖を見上げたとき、頭の上でペタペタと石の上を歩く足音が聞こえた。

「この崖を登るのは不可能だ」

頭の中を読まれたのかと思った。まさに今考えていたことである。

「カイルのあの爪でもだめだったなら、きっと僕の非力な腕力ではもっと無理だね。でも他になにか方法があるかもしれない。まずは、本当に僕が崖を登るのは無理なのか、それを試そうかなと思って」

立ち上がったユリウスは腰に手を当てて崖を見上げる。子供の頃は知識も体力もカイルに敵《かな》わなかった。だから非力なユリウスが登れたらきっとすごく驚くだろう。それを想像するとわくわくしてくる。

「いや、無理だと思――」

カイルの言葉を最後まで聞かないでユリウスは湖に飛び込んだ。潜ってみると水中は子供の頃に遊んだあの湖にそっくりだ。違うのはその深さである。底が見えていたからすぐそこに湖底があると思ったが、とても下まで潜れないほど水深がある。

日があまり差し込まないからか、砂地と砂利の湖底には、緑の植物はほとんど見当たらない。白い砂はここに落とされた人の骨が風化したものだろうか。そう考えたらゾッとしたが、今はひとまず崖にしがみつくのが先決だ。

（よし！）

水中から顔を出し岸壁に向かって泳ぐ。近くの岩場に手をかける。

「おい、やめておけ！　お前には無理だ」

「そんなの、やってみなくっちゃわかんないさ！」

カイルの言葉を押しのけて、ユリウスは崖にへばりついた。ごつごつしているので手や足をかけるところはあるようだ。もしかしたらカイルが上がれなかったのは、体重があったからかもしれない。

（僕はかなり体重が軽いし、このまま上まで行け……）

右手で摑んだ岩が、ばりっという音とともに岸壁から剝がれた。それと同時にユリウスの体も岩肌から離れる。

「あ、れ……っ」

浮遊感のあと、あっという間に湖へ転落した。もし間違って岩の上に落ちていればと思うと恐ろしくなる。しかしこれくらいでめげてはいられない。水中から顔を出したユリウスは、今度は落ちても岩に当たらない場所から再び上を目指す。

もうやめろとか、危ないから、とカイルの声が背後から聞こえる。それでもやめたくなかった。やめられないと思った。

（外に出なくちゃ。このままだと……僕たちは――）

カイルがオメガの誘引フェロモンにいつまで耐えられるかわからない。望まない形での番はお互いを苦しめるだけなのだ。いや、苦しむのはオメガのユリウスだけかもしれない。アルファは番を解消してもまた他の誰かと番になれる。しかしオメガは他のアルファを受けつけず、愛も精ももらえず死ぬまで苦しむのである。

「もう少し、あの岩に手が届けば……」

右腕をめいっぱい伸ばすも、あと数センチが届かない。ユリウスは右足に力を込めて腕を伸ばす。しかし足元の岩ががりっといやな音を立てた。

「うわっ！」

ユリウスの体は再び湖に落ちる。今度はさっきよりも高いところからの落下で、強く背中を打ちつけた。息が詰まり水中でごぼっと空気を吐き出す。苦しくて藻掻いたとき、湖面に反射する光を背負いカイルが腕を伸ばしてきた。

（カイル……！）

太く逞しい腕に抱かれ、ユリウスは瞬く間に水面から顔を出した。

「ぷはっ！　し、死ぬかと思った……」

「だからやめろと言った。この崖は脆《もろ》い。体重の軽いお前でも無理だ」

はぁはぁと肩で息をしながら、ユリウスはカイルにしがみつく。水中を掻くカイルの左腕は竜化しており、大きな手の指の間には水搔きのようなものが張っていた。ひと掻きで二人の体は風を切るほど前に進む。それに驚いていると、ユリウスはさっさと岸に上げられる。竜化は片腕だけではなく、下半身にまで及んでいた。ユリウスはそれに釘付《くぎづ》けになる。

「それ、って……尻尾《しっぽ》？」

「ん？　ああ、そうだ。水中を泳ぐときは手よりも尻尾の方が推進力を生む。それよりも水面で背中を打っただろう。大丈夫か？」

側でカイルが膝を折ってユリウスの背中を見てくれる。少しひりひりするが大したことはなさそうだ。だが岸壁を落ちるときに爪が引っかかり、ユリウスの指先からは血が出ていた。

（すごいな、あの尻尾。ずっと左右に動いてる。触ってみたいな）

今は背中や指の痛みよりもカイルの尻尾の方に興味津々である。

「指から血が出てる」

「え？　あれ、ほんとだ。気がつかなかった」

「痛くはないのか？　爪が剝がれかけているぞ」

「言われてみれば、痛い……かな？」

カイルがのんきな口調のユリウスを見て呆《あき》れている。ユリウスの手を取ったカイルが、無造作に血の滲むその指を口に含んだ。

「……っ、カイ、ル」

「竜族の体液は外傷にかなり高い治癒能力を発揮する。だから、おとなしくしていろ」

カイルが再び指を口に入れた。舌先が指先に絡んでくると、ずきずきしていた指先の痛みが徐々に引いていく。それでもカイルはユリウスの指を舐め続け、さらに意味ありげな視線を送ってくる。目が合うと心臓が跳ね、ユリウスは少女のように頰を赤くした。カイルの黒い瞳はあまりに神秘的で色っぽい。そんな目で見つめられるとどうしようもなく照れくさくなる。

「それ、さ、触ってもいい？」

恥ずかしさを誤魔化《ごまか》すように、尻尾を指さして聞く。口腔で舐められていた指がようやく解放されると、出血は止まり傷口に薄くピンクの膜が張っていた。

「尻尾か？　まあ、いいが……」

目をきらきらさせながら、うんうんと頷けば、カイルは戸惑いながらそっと尻尾をユリウスの前に持ってくる。黒い尻尾は腰布の下からにょっきり伸びていて、根元はユリウスの腕よりも太い。尻尾の真ん中にはトゲトゲした鱗《うろこ》が縦に並んでおり、左右に振られるたび鱗が波打つ。ユリウスは動く尻尾にそっと触れ、硬いわりにしなやかに動くそれに驚いた。

「これも出し入れ自由なの？」

「ああ、そうだな。やって見せようか」

「うんっ」

立ち上がり尻尾を大きく左右に振ったと思ったら、それがじわじわと腰布の下へと吸い込まれていく。そのまま覗き込んでしまいたいが、さすがにそこまではできなかった。

「うわ……あんなに長かったのになくなった。すごい」

手を見たときよりなぜか驚いてしまった。実際に見たのは初めてだし、王族の竜化などそうお目にかかれない。

「そのうち、ユリウスが慣れてきたら完全体を見せてやる」

「え？　今でもいいよ」

見せてもらえるなら見てみたい、そんな好奇心で言えば、カイルはふっと口元に笑みを浮かべた。

「たっぷり時間はあるからな」

どこか照れくさそうな空気を出しながら、カイルは洞窟の中へ入っていく。

ユリウスもカイルの後を追って洞窟に入る。彼は地べたに座って静かに目を閉じている。ユリウスもそれに倣って隣に腰を下ろし、ぼんやりとなにもない岩肌を見つめた。

「夜は湖に入るなよ、ユリウス」

「え、なんで？」

ここは夜光石のおかげで夜になってもぼんやりと明るく見える。その光で湖に潜ることもできるので、夜の方が魚が出ると言われたし潜ってみようとは思っていた。サンドリオの村にある、竜神が生まれたというタバナラ湖に似ているこの湖の魚を観察してみたかったのだ。

「夜光石の光に虫が集まって、それを狙って小魚がやってくる。奴らは水中から飛んでいる虫を捕まえるんだ。その魚を巨大な肉食の魚が狙う」

「へぇ、じゃあ夜になったらちょっと見るくらいは平気かな？」

「水には入るなよ？」

「うん」

二人は黙ってそこに座っていた。腰を据えて話さなければ終わらないほど話すことは山のようにある。今オシアノスの国がどうなっているか、ユリウスが山で生活をするに至った経緯。それに聞きたいこともいっぱいあった。竜穴に落とされたのはなぜか。カイルがカミーユで王族でアルファで、それなのになぜサンドリオでベータとして生活をしてきたのか。きっと話は尽きないはずだ。

「僕の好きだったオシアノス、今はもうないんだ」

ユリウスが唐突に話し始める。その言葉に隣のカイルがぴくっと反応した。しかしなにも言わずそっと目を伏せた気配を感じる。

「カイルがいなくなってしばらくして、バルバトス王が病で亡くなったんだ。次の王様はイーサム様。第一王子だから当然だけどさ。でも、イーサム様は……いい王様ではなかったよ」

「イーサム、か……」

名前を聞いた途端に、ため息を吐いたカイルの顔色が渋くなる。その様子を見ただけで彼がイーサムに対してどう思っているのか察せられた。

「イーサム王に代わってから、国民は一気に貧困に陥った。自分たちが城で贅沢をするために、僕らに重税を課した。食べるのも苦しくなっているのに、それでも税を納めろって……」

今までだって生活に余裕はなかった。重税のせいでさらに追い詰められ、ユリウスの両親も街のみんなも苦しんだ。きっと今もそれは変わらないだろう。

（父さんと母さん……どうしてるかな）

オメガ隠匿で連れていかれた二人を思い出さない日はない。アシュタザ山に逃げ込んでから毎日のように、何度も両親を思い胸を痛めた。

「ユリウスは、どうして竜穴なんかに落ちたんだ？」

「ああ、落ちてから色々あってその辺は話してなかったよね」

その色々に少し頬を赤らめたが、カイルは反応しなかった。ユリウスは密かに傷つきながら話の続きを口にする。

イーサムが王になってユリウスはオメガだと知らされたこと。隠匿した両親が連れていかれたこと。それを目撃していたユリウスが初めての発情期を迎え、苦痛に耐えながらアシュタザに逃げ込んだこと。それから七カ月を山の中で過ごし、竜穴には薬草を採りにきたと説明した。

　はじめは黙って聞いていたカイルだったが、ユリウスの両親が連れていかれたと話したときは、ぎゅっと手を握ってくれた。

「もう父さんも母さんも命はないかもしれない。それでも、なんとかしてこの穴から出て、二人がどうなったのかを知りたいんだ」

「つらかったんだな、ユリウス。それなのに俺は、お前のフェロモンにあてられてあんなひどい抱き方をした。すまない……」

「いいんだ……元はといえば僕に発情期がきたから……。ここ狭いし、どうしようもないよ。でも、このまま二人でここにいたら、また同じになる。そうしたら……」

　数日前と同じようにユリウスはカイルを求めてしまう。フェロモンのせいでカイルは理性と本能の狭間《はざま》で苦しむだろう。

（解決する方法はひとつだけ。でもカイルはきっと、僕の首を噛まないいんだ）

　ユリウスの気持ちはどんよりと落ち込んだ。カイルとなら番になってもいいと思ったけれど、カイルにはその気はない。考えても詮無《せんな》いことだと、ユリウスは頭から振り払う。

「そうしたら、俺はまたユリウスを抱くかもしれない。いや、抵抗なんてできないだろうな。でも最後の一線は越えないようにする」

「べつに……最後の一線なんて――」

いいのに、と口にしかけた。言えばカイルが本音を言ってしまうような気がして怖くなる。それを聞いた上でまた発情期を迎えて体を重ねるなんて、つらいばかりだ。

(オメガなんて、ほんとに厄介なだけだ)

無条件でアルファを発情させ、意思とは関係なく性交させてしまう。ユリウスは初めてオメガの悲しみと直面していた。大好きなカイルとそうなるのはいやではないし、むしろ歓迎だ。だけどそれはお互いの思いが同じであればの話である。

「ねえ、諦《あきら》めないで、頑張ろうよ」

ぽろっと口からこぼれた。二人の運命を変えるには、この穴から出るしかないようだ。一人では無理でも、二人なら――。

「ん？」

「僕と二人なら、出る方法が見つかるって思わない？　もしかしたら、崖を登るだけじゃない方法。それで外に出て、イーサム王を倒してカイルが王様になって！　それで僕の両親も助けてよ」

ユリウスが瞳をきらきらさせながら提案すると、カイルの驚いた顔が笑う。

「はは、そうだな。他にいい方法があればいいな。穴の外に出たら、もちろん城に戻ってイーサムを追い出すさ。それでユリウスの両親ももちろん助ける。でも崖はもう登るなよ？　大怪我はさすがに治せない」

「うん、わかった」

にこりと微笑んでみせると、カイルもやんわりと笑みを浮かべる。だがどこかしら呆れているようにも見えた。きっとこの穴からは出られないと思っているのだろう。確かに五年もの間、ユリウスより力も知能もあるアルファが抜け出す手段を見つけられなかったのだから、ユリウスが加わったところでできないと思われているのだ。

（なんとしてもここから出なくちゃ）

穴に落ちて死ぬかと思ったユリウスだったが、出られなくなった絶望よりも出たあとの希望の方が勝っていた。だからなんとしても脱出方法を見つけなければいけない。見つけてみせると心に誓った。

第三章

竜穴ではカイルの食事はもっぱら魚だ。いつも魚を丸飲みするのだが、ユリウスにはさすがに丸飲みは難しいだろう。どうしようと悩んでいたユリウスの隣で、カイルはいつものように魚を捕る。人差し指の爪《つめ》だけを竜化して伸ばし、まるで銛《もり》のようにして器用に魚を突く。

いとも簡単に魚を捕ってみせると、ユリウスは目をまん丸にして驚いていた。その顔を見るのが楽しくていつもより多く捕獲してしまった。

「それ、焼けば僕も食べられるけど、薪《まき》なんてないし困ったよね」

ユリウスが小魚を指さすと同時にぐぅ～と腹を鳴らす。

「それにしてもその爪……すっごいね。かっこいい」

「このくらいは雑作もない」

最後に突いた魚はまだ爪の先に刺さっていてぴちぴちと元気に動いている。洞窟《どうくつ》から出たカイルは爪に刺さったままの魚を上に掲げ、それに目がけて息を吹きかけた。しかし口から出たのは空気ではなく炎だ。ごぅ……という音とともに魚が火に包まれた。背後でユリウスの小さな悲鳴を聞いたが構わない。何度かそれを繰り返すと、魚はいい具合に焼けていた。

「す、すご……指、熱くないの？」

目を丸くして見上げてくるユリウスの反応がかわいい。もっと見たくて二匹目も焼いてみせた。それを旨《うま》そうに食べる姿は昔と変わらない。

「懐かしい……」

「ん？　なんか言った？　これ、おいしいね。中まで上手く焼けてるよ」

「そうか。それはよかった」

ユリウスのために数匹の魚を焼いたカイルは洞窟の中に戻る。岩肌を背にして座ると、向かいにちょこんと腰を下ろしたユリウスがにこっと笑いかけてきた。

(死ぬまでこの穴から出られないというのに、なぜユリウスは笑っていられるんだ)

昔から前向きな性格なのは知っていたが、さすがにここにきて彼の前向きさに触れると驚いてしまう。

「ねえ、カイル。竜穴に落とされる竜族は翼を切られるって聞いたんだけど、カイルはこうして助かって生き延びてるよね。僕だって穴に落ちたのに生きてるし。それってどうして？　それに生きてるだけじゃなくて、カイルはここでずっと生きながらえてるよね。すごく不思議だなと思ってさ」

きっとユリウスはもっと色々と聞きたいのだろう。彼の青い目がそう物語っている。黄金に輝く髪と神秘的な青い瞳《ひとみ》を目にすると、いつもカイルは穏やかな気持ちになった。

「俺は他の竜族と違い、落とされたのは片方の翼だけだ。たぶん、イーサムが哀れんで情けをかけたんだろう。そのおかげで落下速度を抑えられて、岩にしがみつくことができた」

「今みたいに爪を伸ばして引っかけたんだ？」

「ああ、こうやってね」

カイルはユリウスの目の前に腕を出して力を込める。右腕が震え、びきびきと鈍い音とともに皮膚が黒い鱗《うろこ》状に変化する。爪は怖いほど太く長く鋭く伸び、通常の三倍ほどになった手はかなり不気味に見えるだろう。

「わ……す、すごい。触って平気？」

「ああ」

ユリウスが変化したカイルの手に恐る恐る触れてきた。硬質な鱗と鋭く尖《とが》った爪は、恐ろしさと美しさを兼ね備えている。硬い鱗は敵から身を守り、鋭い爪は肉を引き裂く。竜族が戦で優位なのはこの特異な形状からだ。

「これが、竜の手……。硬いね。すごいや」

「今はこの大きさだが、全身が竜に変化するともっと大きくなる」

「ふえ……そうなんだ。すごく強そう」

「そうだな。歴代の竜族である罪人が、なぜ足掻《あが》かなかったのかが不思議でならない。俺は生きたかった。生きて、お前との約束を守りたかった」

ユリウスの顔が少し泣きそうになっていた。心のやさしい彼のことだから、カイルが穴に落とされたときの気持ちを考えてくれているのだろう。

ユリウスは約束を覚えてくれているのだろうか。

「とはいえ、ここから出る方法を五年経っても見つけられなかった。約束を果たしていないし、偉そうに言えないな」

「カイルが約束を守る前に、僕がこっちに来ちゃったね。あはは」

ユリウスが照れくさそうに微笑《ほほえ》んでいる。つらいときや悲しいときほど彼は笑う。泣けば抱きしめてやるのにといつも思う。

カイルは竜の手をゆっくりと人の手へと戻す。それをまじまじと見つめていたユリウスが、痛くないの？　と問うてきた。

「平気だ」

口元に笑みを浮かべ、わかりやすく手を開閉してみせるとほっとしたようだ。

「えっと僕って、どうやって助かったの？」

ユリウスが人の手に戻ったカイルの手を見つめながら聞いてくる。当然の疑問だろう。むしろ目が覚めてすぐに聞かれるかと思っていたくらいだ。

「俺はもう五年、日が昇ったら毎日この崖《がけ》を登ってる。その日も登っていたんだ。そうしたら上から人が落ちてきて、反射的に受け止めていた」

「え！　カイルが受け止めてくれたの？」

「一緒に湖へ落下した。上がってくると、腕の中にいたのは懐かしい顔で……。あまりの衝撃に夢かと思ったな」

今思い出すだけでも興奮してしまう。腕に抱き留めたその人が、会いたくて会いたくてしかたがない相手だった。気づいたのは湖に落ちてからだったが、死ぬ前に一度でいいから会わせて欲しいと願い、そしてこの穴の底でそれが叶《かな》うなど誰《だれ》が予想できるだろうか。

ユリウスがうれしそうな顔をするので、どうにも照れくさくなってしまう。こういうときはどういう顔をすればよかったのか……。

「そっか、ありがとう。でも五年もの間、カイルはどうやって生きてきたの？　ここって魚以外は、なんにもなさそうだけど……」

湖に魚はいるが、どれも小魚で腹を満たせるほどでもないとユリウスは思っているのだろう。他にあるのは綺麗《きれい》な水だけだ。

「以前、城の文献で得た知識だが、自ら光る石……夜光石というのがアシュタザにはあると知った。ここに落とされて初めて目にして、実在するのだと驚いた。その光に虫が集まる。虫を追って蝙蝠《こうもり》がやってくる。魚以外は……そう、蝙蝠を食べる」

「こ、蝙蝠!? ってあの、黒くて変な飛び方をする、あれ？」

「そうだ」

ユリウスの怯《おび》えた様子はおかしかった。子供の頃のユリウスは好奇心が旺盛《おうせい》なくせに恐がりで、すぐにしがみついてきていた。そんなところはなにも変わっていない。ああ、本当にユリウスだな、と彼のころころ変わる表情を目にしてしみじみと思う。

「焼いてしまえば案外旨いぞ」

僕は魚だけでいいよ、とユリウスは涙目になっている。あれはあれでこんがり焼けばおいしい。竜化して食べるときはそのまま丸飲みだ。実際、竜化しているときの方が多かったので、全《すべ》てそのまま食していた。しかしユリウスにはそれを言わない方がよさそうだ。今でさえぞわぞわする、と体をさすりながら怯えている。

「それにしても、穴の底がこんなに明るいとは思わなかったよ。上から見たら真っ暗で底なんてこれっぽっちも見えなくて、地獄に続く穴だから」

「こちらからは空が見えるし、陽も少しなら差し込む。なのに上からは見えないなんて、どう考えても変だ。ここは深い穴という以前に、なにか特別な力があるのかもしれないな。例えば死者の怨霊《おんりょう》がそうさせているとか、竜神の力が働いている、とか」

「お、怨霊？　この洞窟の奥にそういうのが住んでるとか？」

わかりやすく怯えたユリウスが、立ち上がり隣に座ってきた。それもぴったりと体をくっつけてくる。洞窟の奥から流れ込んでくる風の音が人の声に聞こえるとまで言いだし、過剰に怯えていた。

「洞窟の奥は先細りで人は通れない。蝙蝠なら通れるみたいだ。どこかに続いてはいるだろうな。怨霊がいるなら湖の方だろう」

カイルがそう言うと、ひっ、と小さな悲鳴を上げたユリウスが腕にしがみついてきた。

「大丈夫だ。五年ここにいるが、そういうのは見たことがない。だからおそらく竜神の力の方が可能性は強いと思うぞ」

「それなら、いいけど……。でもやっぱり僕は魚だけでいいや」

ユリウスの笑う顔を見ていると、胸の奥がふわっと温かな気持ちになる。

ここに落とされて五年。誰とも話せずにいたカイルは、自分以外の誰かと一緒にいるというそれだけでうれしかった。

（しかし落ちてきたのがユリウスだなんて、神様もいたずらが過ぎるな）

このまま一人でいれば、いつか竜化から人に戻れなくなるのではと思っていた。しかし誰にも会わないのなら、もう竜になってしまってもいいとさえ考えた。人として生きるのを諦《あきら》めようとしたとき、思い出すのはユリウスの美しい金髪と青い目。そして輝くような笑顔だ。

「今は少ないが、夜になるともう少し大きめの魚も出てくる。この湖は養分が豊富らしい。それはなぜかわかるだろう？」

カイルの言葉にユリウスがはっとする。なんともいえない顔だ。そう、この湖に沈んでいるのは罪人の亡骸《なきがら》である。それを栄養分として食物連鎖が起きていて、魚たちが生きているのだ。カイルは自分がその養分にならなくて本当によかったと心底思う。

「それに、人型だとすぐに餓《う》えてしまうが、竜の姿で過ごせばさほど体力の消費はない。ある意味便利だな」

「へえ、竜ってすごいや。僕はこの小さな魚数匹で大丈夫そう。あ、でもカイルに焼いてもらわないと食べられそうにないけど」

えへへ、とユリウスが微笑んでいる。その笑い方は昔と変わっていない。彼はなにも変わっていない。だがカイルは全てが変わってしまった。

（名前も、地位も、出生も、姿も性も……なにもかも）

あの頃の無邪気なままでいたかった。ユリウスと将来を語り合った頃の二人に戻りたかった。しかしもうその願いは叶わない。そしてアルファとオメガという最悪の形で最悪の場所で再会してしまった。

（もっと最悪なことに、俺はユリウスと――）

フェロモンに誘引され、一番大事にしたいと思う相手を組み敷いてしまった。自分の中に流れるアルファの血をこれほどまでに呪《のろ》ったことはない。

「時間はたくさんあるからさ、話したくなったら聞かせて欲しいんだ。僕と別れてからカイルがどんな時間を過ごしたのか。なにが……あったのか」

怖々と窺《うかが》うようにユリウスが聞いてくる。おそらくずっと聞きたかったのだろう。彼の青い目がその本音を語っていた。

竜穴に落とされたのが五年前、サンドリオを出てから十年が過ぎている。それでもカイルは全てを昨日のことのように思い出せた。

話を聞きたがるユリウスに、カイルはゆっくりと口を開き話し始めた。

◆　◇　◆

「なぜ貴様がここにいる！　お前はこの城に近づくことも穢《けが》らわしいんだ！」

王の間にそんな声が響き渡る。口火を切ったのはバルバトス王の右隣に立つイーサム王子だった。まるで今にも襲いかからんばかりにカイルを睨《にら》みつけている。

カイルをこの城に呼び寄せたのは、王座に鎮座するバルバトスだ。どうやらイーサムはこの城にカイルが姿を見せるのを知らなかったようである。

イーサムはバルバトスと正室ドリスとの間にできた長子で、次期国王となる第一王子だ。それなのにバルバトスが今さら庶子を呼び寄せたことで、ひどく嫌悪感を露《あら》わにしていた。そこにはわかりやすいほどの虚勢と無知さが滲《にじ》み出ており、そのくせ長身で体格がいいため無駄に威圧感だけはあった。

バルバトスの左隣には、カイルを迎えに来たときに同行していたゴードンという男が立っている。恰幅《かっぷく》がよく鋭い目つきは隙《すき》がない。ひと癖もふた癖もありそうな感じだ。

「イーサム、そう毛嫌いするな。バルバトス様はなにかお考えがあってのことなのだ。そうですよね、王」

私はわかっております、とそう念を押すような言い方をするゴードンは、冷たい目でカイルをチラリと一瞥《いちべつ》した。

「父王様、なぜこんなやつを城に呼んだのですか？　私がいればこのオシアノスは安泰ではないですか！」

王の間で片膝《かたひざ》をついて頭を下げたままのカイルは、二人の会話を集中して聞いていた。田舎村に生まれた自分が、なぜ王に呼ばれたのか不思議でしかたがなかったのだ。

「アーリーンは美しい女性だ。今でもな。一度はお前のことを考えて、カミーユを城から遠ざけた。だが今は違う。私の息子は二人だ。今さらだがな」

「父王様……まさか、あの男にも王位継承の資格を与えるというのですか⁉　あいつはただの娼婦《しょうふ》の子です！　あんなやつにこのオシアノスを任せるなど……っ」

声を荒らげたイーサムをバルバトスが睨みつけて立ち上がった。そして勢いよく手を上げたかと思うと息子の頰《ほお》を平手打ちする。広い王の間に乾いた音が響いた。

「お前にアーリーンを侮辱することは許さん。もちろんわしの息子であるカミーユのこともだ」

「……っ」

そう言ったバルバトスが振り返り、カイルのもとに歩いてくる。顔を上げろと言われそ

の通りにする。初めて間近で見るバルバトス王の姿は恐れ多く、カイルは緊張を隠せなかった。

「お前はわしの血を引いた王位継承者の一人、カミーユ・デルタ・マルシェだ。あの村でどう呼ばれていたかは知らんが、今日から正式な名を名乗り、この城がお前の居場所になる。まずはラグドリア第一騎士団の長をお前に任せたい」

カイルはバルバトスの言葉を聞いてはいたが、事態がほとんど飲み込めずにいた。あまりにも目まぐるしく状況が変わりすぎている。

城から人を派遣するのでその使者の指示に従え、と一週間前に国王から文が届いた。それだけでも驚いたのに、城に来てみれば出生やら本当の名前やらを知らされ、飲み込めないのは当たり前だった。

「バルバトス様、お言葉ですが……第一王子はこのイーサム様。なにも庶子など呼びつけなくてもよろしいのでは？　事の詳細を聞いておりましたら、迎えになど参りませんでした……」

「ゴードンの言う通りですよ！　あんな田舎村までなにをしに行かせたのかと思えば、まさかこんな茶番をするためとは……っ」

ゴードンもどうやらイーサムと同じ意見のようだ。しかしバルバトスは二人の抗議など全て無視し、カイルに向かって言葉を続けた。

「まあ、すぐにはわからぬだろう。私はカミーユを考えなしに城から出したわけではない。この城に戻ったとき、イーサムと遜色《そんしょく》のないよう文武は備えるよう手は回しておった」

剣術や知識を教えるため、カイルの両親として二人を側《そば》に置かせたのだとバルバトスに説明された。今まで両親だと思っていた二人は、そのために派遣された他人だったのだ。

（なんだ、これは……）

城に来てからのカイルはずっと無表情だった。今までの人生はなんだったのか。なにも考えられないほどの衝撃を受けていたのだ。

「子細はダリルに聞くがいい。ダリル、あとはお前に任せる」

バルバトスがそう言うと、カイルを立つように促してくる。すると背後からかつかつと足音が聞こえた。振り返るとそう歳《とし》の変わらない男の姿がある。射るような厳しい目つきは、冷静さの中にぎらつくような熱が感じられた。上下黒の軍服に身を包み、膝まである長いマントから左右の腰に剣を携えているのが見える。

「ダリル、あとは頼んだぞ」

「は、お任せください」

ダリルが胸に手を当て王に頭を下げる。彼の鋭い視線がカイルへ向けられた。

「カミーユ様、お部屋へご案内いたします」

ダリルが扉へ向かって歩き出したので、カイルは形ばかりの礼をし、王座に背を向けて急いで追いかけた。

なにがなんだかわからない。質問をしたくてもおいそれと王に口を開けないまま今に至ってしまった。ダリルが詳細を教えてくれると言っていたが、その前に彼は一体どういう立場の人なのか。それさえもわからない。軍服を着ているので、軍隊に所属しているのは想像できたが……。

そんなことを考えているうちに城の地下通路を通り、地上の開けた場所に出る。そこにはたくさんの兵士たちが広場で訓練をしており、広場をコの字型に囲むように二階建ての建物が見えた。建物の真ん中にある階段を上り、一番端にある扉をダリルが開ける。中へ入るように促され、警戒しながら中へ入った。

「ここは……？」

「この場所は城の裏にある騎士団宿舎です。それでこの部屋がカミーユ様の私室となります」

部屋はそう広くなかった。ベッドに小さな袖机。気持ちばかりの質素なカウチがあるだけだ。城が居場所になると言った王の言葉に間違いはないが、城の中にもレベルがあるのだなと思った。とはいえ、贅沢《ぜいたく》をして暮らしたいという願望はないが。

「カミーユ様にこのような場所しかご案内できなくて申し訳ありません。この宿舎では一番広くいい部屋なんです」

カイルは部屋の中を歩きながら観察する。戸口に立つダリルに入るよう促すと、失礼しますとひとこと言って扉を閉めた。しかしそこから近づこうとはしなかった。

「元は誰の部屋だったんですか……」

「元は私の部屋でした。一応、掃除などはいたしましたが、気になるところがあればお申しつけください。それから、私どもに丁寧な言葉を使うのはやめていただきたい。突然連れてこられて戸惑われていると思いますが、カミーユ様は私の上官になり、オシアノスの第二王子となられました。ですので……」

「ダリルは、俺のことを知ってる？」

カイルはカウチに腰を下ろした。不安と興味の入り交じった複雑な気持ちでダリルを見据える。

「カミーユ様の……どのようなことを、でしょうか」

「全部だよ。ここに連れてこられた理由も、違う名前で呼ばれることも、バルバトス様が俺をどうしたいのか」

つい今しがたバルバトスから聞かされたが、あれが本当なのかさえ信じられていない。一度聞いただけでは状況を飲み込めなかった。

「バルバトス様のお言葉に嘘《うそ》はありません。あなたは現王とアーリーン様の間にお生まれになった。それにカミーユ様のお名前はアーリーン様がおつけになりました。ですので、ここにいる間はサンドリオで呼ばれていた名前を忘れてください」

ダリルはバルバトスと同じことをカイルに言っている。やはりそれがカイルの出生の真実なのだ。はぁ、と大きなため息が出る。

「カミーユ様はドリス様とは血の繋《つな》がりはないですが、バルバトス様とは繋がっています。ですので王位継承者なのです。しかしカミーユ様が生まれてすぐに、ドリス様がとても嫌悪感を抱かれたのです。気の強いドリス様のこと、このままではカミーユ様になにか危害が及ぶ恐れがあると、バルバトス様はお考えになりました」

「危害？　正妻の子でないから、殺されると？」

「その可能性もありました。それでバルバトス様は、イーサム様が次期国王だと知らしめるため、第二王子のカミーユ様を城から出されたのです。それでドリス様の溜飲《りゅういん》が下がりました。出生を隠し名前を変え、カミーユ様は今までお暮らしになっていました」

「じゃあ、俺が両親だと思っていたあの二人は……本当に赤の他人？」

「はい。それに王の血が濃く入っているカミーユ様は、アルファ性です」

ショックで言葉もない。今までカイルを育て毎日食卓を囲んで笑い合って生活していた二人とは他人で、自分は庶子で第二王子で名前はカミーユ。さらにはベータではなくアルファだった。こんなことがあるのかと、何度聞いても信じられない。

「バルバトス様はあなたを、次期国王にするおつもりです」

「は？」

なぜ第二王子の自分が……とわかりやすくダリルに目で問うた。これ以上はとても受け止めきれない話である。

「順当に行けばイーサム様が次の国王になられますが、それをバルバトス様は望んでおられないのです」

「な、なぜ……？　そんなのおかしいじゃないか」

「そうですね……。確かにバルバトス様とイーサム様は血縁ですが、お二人の仲はよくありません。人の相性など血縁に関係ないのです。さらに言えば私の父、ゴードンの入れ知恵でイーサム様の奔放ぶりと独裁にバルバトス様は手を焼いておられる」

「俺は、親子喧嘩《げんか》の巻き添えのためにここに連れてこられたのか。呆《あき》れかえるな」

確かに騎士団に入りたいとは思っていた。強くなってユリウスを守れる力が欲しかった。

だがこんな形で手にするのは本望ではない。

カイルは大きくため息を吐《つ》いて、カウチの背もたれに背中を預けた。脱力した手足からは緊張が抜けていくようだった。

「そうでも、ありません。ただの親子喧嘩でカミーユ様を呼ばれたわけではなさそうです」

「というと?」

「確かに表面上はイーサム様に当てつけたようなやり方ですし、関係性が悪化するかもしれません。しかし、バルバトス様はカミーユ様に賭《か》けたのだと思うのです」

「賭けた? 俺になにを賭けたっていうんだ」

「次期国王、イーサム様がこの国を統治すれば、おそらくこのオシアノスはだめになる……」

ダリルから信じられない言葉が飛び出した。この部屋には二人だけだからいいようなものの、王に近い人物に聞かれでもしたら大事である。

「イーサム様の評判がよくないことは、この国の誰もが知っているでしょう。無謀で傲慢《ごうまん》、利己的な上に無知。最悪のオンパレードです。まあバルバトス様とて、非の打ちどころのない国王かと聞かれたら、素直に頷《うなず》けませんがね」

「おい、そんなふうに言ってもいいのか？」

カイルが渋い顔で聞くと、ダリルはどこか投げやりな諦めたような雰囲気で、ふっと笑った。この部屋にある唯一の窓に視線を移動させ、どこか遠くを見るような目つきになった。

「私は父のゴードンがしていることには賛成できません。だから今は必然的にバルバトス様側についているのです。この国を破滅させたくはありませんから。もしもカミーユ様の考え方が私と同じなら、私は迷わずあなたにつきます」

「お前、案外、したたかだな」

「そうならざるを得なかっただけです」

憂いを帯びた笑顔を見せたダリルが、他に聞きたいことはないですか？　と話を初めに戻してきた。

この城に召還され、目まぐるしく動き始めた運命にカイルは飲み込まれていく。お飾りの騎士団長をあてがわれたと思ったが、それでも精一杯務めるつもりだ。この先、ダリルとは長い付き合いになりそうだと思うのだった。

◆　◇　◆

カイルが騎士団長に就任して四年が過ぎた。初めはカイルの年齢が若いこともあり、ダリル以外の団員にはそっぽを向かれていた。だが厳しい環境で頑張るカイルの姿を見て、徐々にではあるがついてきてくれる団員も増え始めている。

パレードでは先頭に立ち、街の人々にもその勇姿を披露することができた。ユリウスと再会したのは予想外だったが、それでも顔を見られたのはうれしかった。だが無防備に街へやってきた彼に怒りを覚え、冷たい態度を取ってしまった。今でもそれは後悔している。

現在、カイルはゴードンの私室に呼ばれていた。今ではもう歩き慣れた城内の広い廊下を進む。すると左側の扉が開き、実母アーリーンが姿を見せる。

「あらカミーユ。ご機嫌よう」

「ご機嫌麗しゅう、アーリーン様」

四十代に入ってもアーリーンは美しく優雅で魅力的な女性である。腰まである長い髪は黒く緩く波打っていて、銀の髪飾りがその黒に実に映えていた。ドリスほど飾ってはいないが、その美しさに遜色はない。

生みの母とはいえ彼女との間に親子の思い出はないため、たまに城内ですれ違っても挨《あい》拶《さつ》をする程度だった。

「それで今からどちらへ？」

いつもは挨拶だけですれ違うのだが、今日はカイルの足をアーリーンが止める。

「ゴードンの私室へ呼ばれております。私になにか御用でもございましたか？」

「実の母に他人行儀だわ。でも、しかたないわね」

アーリーンがカイルの側まで歩いてくる。なにかと思えば、そっと耳元に口を寄せてきた。

「ゴードンとイーサムには気をつけなさい。それと彼らに近い者も。気づいているかもしれないけれど、なにか様子がおかしいわ。十分に用心なさい」

まさかそんなことを耳打ちされるとは思わず目を見開いた。どういうことか、と問おうと顔を向けると、アーリーンはスッと離れてカイルと視線も合わせずに行ってしまう。振り返ってその後ろ姿を見送るが、声をかけるのはやめておいた。

（一体なにが起ころうとしているんだ。ゴードンとイーサム……あの二人が不穏なのは今に始まったことではないが）

そんなことを考えながらゴードンの部屋に向かう。途中、バルバトスの私室へと続く階段の前を通るが、上階で物音が聞こえて立ち止まった。私室のある階へは無闇《むやみ》に上がってはならないが、なにかあっては問題だと思い行く先を変更する。

（確か、今日はバルバトス様は気分が優れないからとお休みになっているはず。誰も立ち入るなと仰せのはずだが）

階段を上りバルバトスの居室へと向かう。扉の前まで来たとき、それが少し開いているのに気づいた。

（開いている？　おかしいな）

嫌な空気を察知したカイルは、腰の短剣に手をかけた。神経を研ぎ澄まし扉をゆっくり開ける。夕刻が近づいていて、部屋の中はオレンジ色の日差しが物の影をはっきりと映し出していた。

「バルバトス様……おいでですか？」

カイルの声が部屋に響く。そこには誰の気配もない。しかし部屋のランプには火が灯《とも》っているので、少し前まではここに誰かがいたはずである。

「なにか変だ……」

居間から続く他の部屋を見て回る。寝室にやってきたとき、寝台にはバルバトスの姿がないことに気づく。

「どこへ行かれた……？」

気分がよくなって散歩でもしているのかもしれない。なにごともないと判断したカイルは短剣を構えた腕を下ろす。しかしそのとき、部屋の扉がばんっと大きな音を立てて開かれた。

「そこまでだ！」

声の主はイーサムだった。彼の隣にはゴードンの姿があり、その後ろには数名の兵士が控えている。なにごとだとゴードンに目を向ければ、あろうことかこちらに向かって剣を向けていた。

「なんの騒ぎだ」

努めて冷静な声で問いかければ、一歩前に出て話し始めたのはゴードンだ。

「よもやそのような愚行に出られるとは……」

「ゴードン？　なにを言っている」

明らかにまずい状況だとすぐにわかった。とはいえ、カイルには全く非はないのだから、話せば理解してもらえるだろう。だから手にしている短剣を鞘《さや》に収める。

「まさか、カミーユ様が王の暗殺を企《たくら》むとは……言葉もございません」

「暗殺だと？　私は王の居室から不穏な音が聞こえたので、不審者かと思いここに……」

「王の血を引きながら、幼くして辺境の村へ押しやられたことがそれほどまでに不服でしたか。それとも実の母であるアーリーン様から引き離され、母を必要とする子供時代を奪った王への恨みが抑えきれなかったですか？」

「なん、だと……？」

ゴードンがつらつらと並べる言葉に耳を疑った。居室棟へ来たのはゴードンに呼ばれたからだ。なのにそのゴードンがカイルに国王暗殺の罪を被《かぶ》せようとしている。

「手にしていた短剣がなによりもの証拠。これはカミーユ様とて許される蛮行ではないですぞ」

「私は王に恨みなどない！」

「信じられませんな……」

ゴードンが冷たく言い放ち、控えていた兵に目配せした。入ってきた四人の兵に囲まれ、カイルは身構える。しかしここで抵抗をすれば暗殺を企てたと認めることになるだろう。そう思ったカイルは素直に剣と短剣を腰から外して足元に落とした。

「そう、素直に従えばいいのですよ。カミーユ様」

カイルは後ろ手に縛られた。このあと弁明の機会を与えられるだろう。そのときに誤解を解けばいい。そう思っていた。しかし状況はあまりにも強引な形で運ばれ、イーサムとゴードンの汚い罠《わな》にはめられることとなった。

カイルが囚《とら》われたことはバルバトスには報告されなかったのだろう。地下牢獄《ろうごく》では一切の情報が入ってこなかった。告げられたのは、片翼を切断され竜穴に落とされるという、衝撃的なものだった。

ダリルはカイルが暗殺を企てたことを信じたのだろうか。アーリーンは、バルバトスは……。この事実を聞いたのだろうか。

なにもわからないまま、カイルは秘密裏に竜穴に連れてこられた。この事実を知っているのはイーサムとゴードン、手下の数名の兵だけなのだろう。

この場所に連れられる前に飲まされた苦い水が、カイルの体の自由を奪っていた。抵抗できない状態で竜化香を嗅《か》がされる。強制的に竜化させられたカイルは、いとも簡単に片方の翼を強引に切り取られてしまう。香が切れると人の姿に戻るが、背中には大きな切り傷ができていた。

「ゴードン……イーサム、お前たちは自分のしていることがわかっているか？　バルバトス様が知れば、お前たちはただでは済まない」

竜穴を背にして座り込んでいるカイルは、二人を睨みつけていた。しかしそんな言葉になんの反応もないまま、ゴードンが静かに手を上げる。両脇《りょうわき》に立っている兵士が近づき、カイルの体を穴の方へと押したのだ。

背中の傷がなければなんとか逃げ出せたかもしれない。しかし傷は思ったよりも深く、カイルの体力を奪っていた。

竜穴に突き落とされ、こんな形で死ぬのかと絶望した。ものすごいスピードで穴の底へ向かって落ちていく。入り口の光がどんどん小さくなり、諦めるしかないと思ったとき、脳裏を過《よぎ》ったのはユリウスの笑顔だった。

「ユリウス……」

そう呟《つぶや》いたカイルは断末魔の叫びとともに、最後の力を振り絞って竜化したのだった。

◆　◇　◆

「そのダリルって人は、カイルがこうなる前に、なんとか、できなかったのかな」

全てを聞き終えたユリウスは、ずっと涙が止まらないようだった。カイルがどれほど傷ついたかと、そう考えて胸を痛めているのだろう。

「今はここに落とされてよかったと思っているから……」

もしもこの穴に落とされなければ、城では殺伐とした王権争いが勃発《ぼっぱつ》していただろう。

そして身近にいる親しい人が暗殺されたかもしれない。それこそカイルの大切なユリウスもサンドリオの人々も人質に取られる可能性もあった。

「なに言ってるの……。こんなところに落とされて、なにがよかったんだよ」

信じられないというようなユリウスの顔を見て、カイルはふふっと笑う。笑っている場合じゃないよ、と涙目のユリウスが声を荒らげ、拳《こぶし》を振り上げたその手首を摑《つか》んだ。

「俺がここに落ちて生きながらえていなければ、落下してきたユリウスを誰が助ける？　五年も会えなかったのはつらかったが、でもこうして会えた」

「会えたけどっ……でも、こんなところじゃ、なにも……」

再び泣き出してしまったユリウスの手を離す。白い頰が桜色に染まり、その上を大粒の涙がぼろぼろ落ちていく。泣かせるつもりはなかったのにと思いながら、カイルは何度も涙を拭《ぬぐ》ってやった。

「どんなところだっていい。生きて会えるなら、お互いがどんな立場だって構わない。こうして話せて、触れられるんだ。そうだろう？」

「そう、だけど……」

肩を震わせて泣き始めたユリウスを抱き寄せた。腕の中で背中を丸めたユリウスは小さくて、なんとしても守らなければと思った。

五年もの間一人でいたカイルは、毎日のように穴から抜け出るために崖を登っていたが、ユリウスが落ちてきた日、これで失敗したらもう出るのを諦めようと思っていた。途方もない時間頑張ったが、カイルの心はとうとう折れたのだ。しかしその日に降ってきたのはユリウスだった。

（奇跡というのか）

しかしそのユリウスが発情し、奇跡を自分の制御できないアルファの血で壊そうとしてしまった。寸前のところで思いとどまったが、もう少しで首に噛《か》みつくところだった。だが次の発情期をやり過ごせるのか自信はない。あのむちゃくちゃな誘引フェロモンは今思い出すだけでも恐ろしいほどだ。

（本能に作用するとは聞いていたが、あれほどまでに強烈とは。ユリウスに怪我《けが》をさせなくてよかった）

腕の中で泣き止《や》んだユリウスが、鼻をすんすんさせながらこちらを見上げてくる。

「絶対にここから出よう、カイル。それで、イーサム王を倒そうよ。ね？」

「そうだな」

カイルは諦めていた。だがユリウスがあまりに熱心に言うものだから、心にもなく頷いてしまう。それがうれしかったのか、ユリウスは目を輝かせながら微笑んでいた。その笑顔をいつまでも見ていたいと思うのだった。

◆　◇　◆

ユリウスは竜穴から出るために様々な場所を探検した。とはいえ、調べる場所はたった二カ所だ。洞窟の奥と湖の中。崖はさすがに断念した。上へ行けば行くほど岸壁は角度を持って反っていく。穴の縁まで落ちないで辿《たど》り着くのは、ユリウスの体力では到底無理だと思い知った。ならばと、次は洞窟の穴の奥へ向かう。暗い洞窟の中は夜光石の光が役に立ち、蝙蝠に怯えながら突き当たりまで進んだ。カイルの言う通り突き当たりは小さな穴があり、そこから蝙蝠が出入りしているだけだった。

（この小さな穴を広げたところで、どこかに繋がっているとは思えない）

次は湖に流れ込む水があるなら、出口があるはずだと、ユリウスは潜って岸壁沿いを調べる。ごつごつと複雑な形をしていたが、陽の光が差す一部だけ水草のようなものが生えていて、そこには色々な生き物が生息しているようだった。

ユリウスは毎日のように水に潜り探索する。すでにカイルがしているかもしれなかったが、それでも諦めなかった。

（水の流れがここは少しあるのか）

流れに沿って泳いでいくと、岩と岩の隙間に水が吸い込まれているのに気づいた。腰に下げたナイフを差し込みその穴を広げようと試みるが、息が続かなくなり大急ぎで水面を目指す。

「ぷはっ！　はぁはぁっ、はぁはぁ……苦しかった……はぁ……でも、見つけた、かもしれない」

立ち泳ぎをしたまま洞窟の方を振り返る。カイルは岩の上に座り、ぼんやりと空を眺めていた。そろそろ夕方になるのか、空は薄紫に染まり始めている。

（急がないと、夜は危険なんだった）

ユリウスは大きく息を吸い込んで、再び水中に体を沈める。少し開いた隙間にナイフを入れ、今度は左右に揺らしてこじ開けるようにしてみた。すると岩が徐々に崩れ始め、行けそうだと思った。

その瞬間――。

周囲の岩に亀裂が走り、穴が一気に大きくなる。それもユリウスの体がすっぽり入るほどの大穴に化けたのだ。それとともに流れ込む水の勢いも増し、うわっ、と思った瞬間には遅かった。ユリウスは暗い穴に吸い込まれ、大穴から差し込む白い光があっという間に小さくなる。水の流れに抗《あらが》って岩肌を捉《とら》えるが、水圧に勝てるはずがなかった。

(息が……っ、死ぬ――)

流されながらカイルのことを考えた。ようやく会えて数日。また離れてしまうのか。今度はユリウスが遠くへ、会えない場所へと行ってしまうのか。

泡の音が次第に小さくなり、辺りは真っ暗になっていった。ユリウスの体は水流に任せ流されるばかりだ。途中何度も岩に体を擦《こす》って傷ができ、手首に巻いていたお守りのハンカチが解《ほど》けて流れていってしまう。

(カイル……っ!)

心の中で叫んだと同時に腕をなにかに摑まれた。意識が遠くなる中で目の前に見たのは、カイルの顔だった気がする。唇が合わさり一気に空気が肺に入ってくるが、ユリウスの意識はそこで闇に呑《の》まれていった。

苦しくて呼吸を試みると、ごぼっと水とともに吐き出し、ユリウスは大きく咳《せ》き込みながら体を捻《ねじ》る。手には岩の感触がある。そして周りは薄ぼんやりと明るい。

「……っ!」

顔を上げるとそこにはカイルの姿があった。心配そうな顔でこちらを見つめている。

「カイ……ル、ど、して……僕、ここ、どこ……」

掠《かす》れた声で問うと、彼の心配する顔が険しくなった。怒られると思ったが、ユリウスは彼の竜化した太い腕に抱きしめられていてびくりとする。

「頼む……頼むから、無茶はしないでくれ。俺はもう、一人にはなりたくない。お前を、失いたくないんだ……」

ユリウスよりも大きな体で、腕は厳《いか》つい竜化でいかにも怖そうなのに、今にも泣きそうなか細い声だった。ユリウスを抱きしめる腕が震えていた。

「ごめん……。出口を探してて、それで……」

そこで気がついた。ここは洞窟ではない。確かに岩肌は薄ぼんやりと光っているが、奥行きのない狭い空間である。

「ここ、どこ……なの？」

「ここは水脈の途中にある空洞だろう。とはいえ、ここがいつまで持つかはわからない」

カイルの背後に水の流れる音が聞こえた。そこからカイルが引き上げてくれたのだろう。

もうだめだと思って意識が飛びそうになったとき、暗闇の中にカイルの顔を見た気がした。

そして肺へ一気に空気が入ってきて、一瞬だけ意識が引き戻された。

「水の流れ、速いね。でもどうして僕が流されたのがわかったの？」

「湖面が急に渦を巻いて水を吸い始めたから、もしかしたらと思ったんだ。潜ってみれば大穴が開いてた。吸い込まれたのがすぐにわかった」

「そうか……カイルもあの穴に入れたんだ」

ユリウスの体が入れるぐらいの穴は、いつの間にか水圧で大きくなっていたらしい。途中で流されるスピードが上がったのはそのせいだ。

「助けてくれてありがとう。もうだめかもって思った。最後に、カイルの顔が見たいなって思ったよ」

「俺もだ。この穴に落とされたとき、頭に浮かんだのはお前の顔だった」

カイルの手が頬を包む。爪は長く恐ろしい造形の手だったが、繊細にユリウスの頬を撫《な》でてくる。その手を上から掴み、ぎゅっと自分の頬に押しつけた。冷たいその手は心地よくて、ざらっとした鱗の感触も嫌いじゃない。

「……うん、ごめん。もう勝手なことしないよ」

「そう願いたいな。あちこち擦り傷だらけだ。でも綺麗な顔が傷つかなくてよかった」

カイルの声からようやく緊張が取れた。しかしユリウスは違う意味で緊張している。

（カイル、僕のこと綺麗だってまた言った……）

綺麗だと言われるごとに胸が騒いだ。心臓がとくとくと動くたびに、好きだ、好きだ、うれしい、と訴えているように。

ユリウスが返答に困っていると、岩肌にもたれたカイルの足の間に体をすっぽりと収められる。背中にじんわりとカイルの温かさが伝わってきた。ほっと息を吐いて目の前の流れを見つめる。さっきよりも少しだけ緩やかになったような気がした。

「ねえこのまま、下流に向かって泳げば、出られるかもしれないよ？」

本気でそう思った。この先がどうなっているかわからないが、この量の水が出るなら出口も大きいかもしれない。

「ユリウス、もう勘弁してくれ」

「え？」

「この先がどのくらいあるのか、出口があるのか、それすらわからない。もしかしたら地下洞窟に流れ込んでいる可能性もあるし、滝になっていたら放り出されて死ぬぞ。水中だけなら俺も息は続くが、高所からは飛べない。それにユリウスにはどちらも無理だろう」

「そうか……。僕、なにも考えてなかった。ごめん。カイルはどのくらい息を止めてられるの？」

「そうだな。竜化すれば十分から十五分は軽く止めていられる」

「すごいっ。竜になれば人とは全く変わってしまうんだね」

竜化のすごさを口にしたが、カイルはなぜか浮かない顔だ。それに出口があるかもなんて馬鹿なことも言ったし、もう飛べない、とカイルにそんなことまで言わせてしまった。あまりの無神経さに自分を殴りたくなる。

この竜穴からなんとしてでも出たくて、そればかりが先走った。カイルの心配なんてこれっぽっちも考えないで。けれどここから早く出なければ、二人には悲しい結末しか待っていない。だから無謀でもなんでも試したかったのだ。

(怖いけど、やらなくちゃ。ここから出なくちゃだめなんだ)

二人の足元を流れている水がじわじわとこちらに浸食してきている。流れは緩やかになっているのに変だなと思った。

「このままだとここは水に埋まるかもしれない」

「え、そん、な……」

そうしたら湖に向かって泳ぐしかない。このくらいの流れならユリウスでも行けそうな気がする。だが息が続くかどうか、それが問題である。この窪《くぼ》みに引き上げられたときも酸欠状態で意識はなかった。きっとカイルが蘇生術を使って救ってくれたのだ。

(あの流れと同じスピードで川を上るのは無理、か……)

どうせ溺《おぼ》れるなら下流の出口を目指した方がいいのか？　とますます考えてしまう。それを言ったらまた怒られるかな、とユリウスは背後にいるカイルを見上げる。彼は少し焦ったような険しい顔つきだった。

「このまま水没したら、窒息する前にやつが来る」

「来るって……なにが？」

カイルがさらに険しい顔になった。

「ヤツだ、リオブレノス。この湖の巨大肉食魚。ユリウスの血の臭《にお》いに誘われて来るだろう」

体のあちこちに擦り傷のあるユリウスは、格好の餌食《えじき》だと言われた。肉食魚がどんな魚なのかはわからないが、獰猛《どうもう》で怖い顔をしているのだろう。そんなやつに食いちぎられて死ぬくらいなら窒息の方がましかもしれない。

「どうしよう……」

「全ての傷を舐《な》めて治癒してやりたいが、時間はなさそうだ」

ユリウスは迫りくる死に恐怖が抑えきれなかった。あの水に入ればリオブレノスの餌《えさ》になる。夜の湖はそれほどまでに様相が変わる。湖に落とされた罪人が、生きていられないのは、穴から這《は》い上がれないからではないのだ。

「湖に戻ろう」

カイルが決断した声で言った。流れが緩やかになったとはいえ、水に逆らい、リオブレノスから逃げながら遡上《そじょう》するなど難しい。ましてやユリウスが一緒ではもっと無理だ。

「うん、カイル。僕を置いて行って」

カイルを真正面から目を見つめ、真剣な顔で言い放つ。こんな馬鹿なことになったのは自分が原因だ。カイルまで犠牲になる必要はない。

「ユリウス？　お前はなにを言ってるんだ。助けに来た俺の身にもなれ」

「でも、このままだと二人とも死んじゃうよ。だったら生き延びられる可能性のある方がそうするべきじゃない？　僕には竜の力はないし、たぶん湖まで戻れない」

合理的でしょ？　と笑って言えば、カイルが痛いほど抱きしめてくる。なんと言われても離すまいと、そう言っているようにも思えた。

「俺は大丈夫だ。竜化すれば、長時間呼吸を止めていられる」

そうだった、とユリウスは思い出す。だったらカイルは死なない。その事実だけがうれしかった。助けに来たカイルまで死んでしまえば、ただの足手まといで迷惑をかけるだけになってしまう。そうならないのなら、よかった。

ユリウスが一人安堵《あんど》していると、カイルは腰に巻いていたロープを解き始めた。さらにそれをユリウスの体にぐるぐる回し始める。え？　と思ったときにはそのロープでカイルの体と隙間なく密着してしまった。

「なに、してるの？」

「お前を置いては行かない。一緒に上へ戻る」

「そん、な……無茶だって！　いくらカイルが竜の力で長い間息を止めても、僕がいたら足手まといになるよ！」

必死で訴えるが、カイルはロープがしっかり結んであるかどうかの確認ばかりしている。

「ねえ、聞いてるの？　カイル！」

腹を決めたような鋭い眼差《まなざ》しを見て、ユリウスはなにも言えなくなった。どのみち湖に辿り着いたとき、ユリウスは溺死《できし》しているだろう。

（これが最後かもしれない）

そう思うと胸が苦しくもなるが、今はそんなことを考えている場合ではない。もう足の先が水に触れていて、カイルの言う通り、間もなくここは水に沈むだろう。ユリウスは思わず左手首に触れる。癖になるほど触れていたカイルのハンカチが、今はもうない。

（もう、お守りはないんだ……）

ユリウスは細い腕をカイルの首に回す。一瞬びくっとしたカイルだったが、そっと唇にキスをするとその強《こわ》ばりが消えていく。背中に回された腕は怖いくらいに力強く、これが最後の抱擁かと思うと泣きそうになった。

「無茶な案だけど、無理はしないで。僕が溺れ死んだら、そのままロープを切って。そしたらリオブレノスのおとりにくらいにはなれる」

「ふざけるな。俺はお前を絶対に離さない」

彼の言葉はユリウスの心を震わせる。なにも言わずに深呼吸をし、額を密着させてお互いに目を閉じた。これで最後になるか、それとも生きて再会できるか。大きな賭けだった。

そうしているうちに足首まで水位が上がってくる。カイルが竜化を始めた。めきめきと骨が軋《きし》むような音が聞こえる。それとともに体が大きくなり、腕も足も竜化する。腰布の下から尻尾《しっぽ》が現れ、カイルの顔にも鱗の片鱗《へんりん》が見えた。

「行くぞ」

カイルが短く呟いた。腕に抱かれ、ユリウスの細い腕はその逞《たくま》しい上体にしがみつく。

「大きく息を吸い込め」

ざぶん……と水の中へ入る。あっという間に頭の先まで沈んだ。水中は真っ暗で、ごぽごぽと水流の音だけが聞こえ、上も下もわからなくなった。確実なのは肌に感じるカイルの体温だけである。

二人は遡上していた。カイルがどうやって泳いでいるのか見てみたかったが、目を開けるのも困難だ。そのうちに流れが緩やかになっていく。どこか広い場所に出たのだろうか。

（息が……苦しくなってきた）

ユリウスの手にぐっと力が入る。あとどれくらいあるのだろうか。一分か十分か。

ごぼっと口から泡を吐く。もう数秒も持たないだろう。ユリウスはカイルの上半身に回した手で背中を撫でた。鱗の感触がところどころあって、これが最後だと感じていた。

（ごめん、カイル。僕もう、持ちそうにない）

そのときカイルの体が岩肌にどんっと打ちつけられた。その衝撃で、ユリウスは溜《た》めていた空気を全て吐き出してしまう。しばらく我慢していたが限界はすぐにやってきた。大きく喘《あえ》いで息を吸うと、一気に水が入ってくる。あっという間に肺は水で満たされていく。カイルの背中を引っ掻《か》き、苦しくて藻掻《もが》いた。

意識が遠のいてくる中、カイルはなにかと戦っている。力が抜け、しがみついていられなくなったユリウスの体を、カイルが懸命に支える。片腕だけでリオブレノスと戦えるのか。そんなことを考えながら、最後の力を振り絞り、ユリウスは腰紐《こしひも》を外そうと手を伸ばす。

（もういいよ、カイル。僕を捨てて逃げて）

硬く結ばれたロープを解こうとしたが、指先にもう力が入らない。ユリウスの意識は真っ暗な中に沈んでいき、そこで途絶えてしまった。


『ユリウス、今日はパレードの日だぞ』

どこからかカイルの声が聞こえた。アーシャン通りを一緒に歩こうと約束していたのを思い出し、早く行かなくてはと思う。ユリウスの目の前には幼い頃の姿のカイルが立っていた。早く行こうと手を伸ばしてくる。

『待ってよ、カイル』

伸ばした手を摑もうと走って追いかけるも、一向に距離は縮まらない。

『カイル！　待って！　カイル！』

走っているのに追いつけない。それどころかカイルはどんどん先へ先へ行ってしまう。

離れてしまう。

離れたらだめだ。

一緒にいなくては。

焦燥がユリウスを襲う。なのにカイルは一人で遠くへ行ってしまう。

『カイル……行かないで、カイル』

ユリウスは泣いていた。体の一部を切り離されたような痛みと苦しみが、波のようにあとからあとからやってくる。涙があふれて頰を濡《ぬ》らす。温かい涙はすぐに冷えていくけれど、その上に新しく涙が重なっていき、頰を伝って流れていった。

（温かいのに、冷たい……）

ゆらゆらと悲しい夢の中をユリウスは漂っていた。

誰かが泣いている。

（僕？）

違う。これは——。

「カイ、ル……？」

声にならない声で囁《ささや》いた。

「ユリ、ウス……。ユリウス！　おい！　目を開けろっ！　ユリウス！」

体を揺さぶられ、やめてよと言いたいのに声が出ない。そうして体がぎゅっとなにかに締めつけられた。

（泣いてるのは、カイル？　どうして泣くの？　僕はここにいるのに）

ユリウスはゆっくりと瞼《まぶた》を開けた。薄ぼんやりとした中にぼやけたカイルの顔が見えた。

夢じゃないのかな、と思うが、頰を包む手は暖かい。

「ユリウス……よかった、目を開けた、ユリウス――」

「あはは、僕、また、カイルに助けられたんだ」

「何度も蘇生術を試した。口から空気を送り込んで、胸を押した。それでやっと水を吐いたのに、目を覚まさなくて……」

真っ黒な瞳からぽたぽたと涙がこぼれ落ちていた。その雫《しずく》はユリウスの頰にいくつも落ちて、まるでどちらが泣いているのかわからない。上げるのも億劫《おっくう》な腕をなんとか持ち上げ、カイルの頰に触れる。こんなに泣いている彼を見るのは初めてだった。子供のときにだって一度も泣き顔を見たことがない。だからとても新鮮で珍しかった。

「ふふふ……」

心配で泣いているカイルには申し訳ないが、ユリウスは思わず笑ってしまう。

「なにを、笑っているんだ」

「だって、カイルが泣いてるから」

「お前をまた失うのかと思った。俺を、一人にするな、俺を――」

頰に触れていた手をずらし、指先でカイルの唇を押さえ言葉を止めた。

「ごめん。それから、助けてくれてありがとう。もう、一人にしない。ずっと、カイルの側にいる。約束するよ」

微笑んでみせると、がばっとカイルに抱きつかれた。ユリウスもカイルの背中に腕を回す。もう心配をかけまいと誓う。それはこの竜穴から脱出する方法を模索するという選択肢を捨て、二人は死ぬまでこの穴で一緒に過ごす方を選んだことになる。

（それでもいい。カイルと一緒なら、僕はいい。それでいつか番《つがい》にしてくれたら、うれしいな）

自分の手に嚙みついて傷を作るカイルを見るくらいなら、本能で番にされてもそれでもいい。もうここにはカイルと二人だけで、死んでも一緒にいられるのだから――。

ユリウスは腕に力を込めてカイルをさらに強く抱きしめた。


湖にリオブレノスが現れなくなった。ユリウスが溺れ死にかけたあの日、カイルが水中でリオブレノスと戦ったからだ。決定打を与えられなかったと言っていたが、それから数日が過ぎても姿を見せなくなったのは、きっと逃げ出したのだとユリウスは思っていた。

「ユリウスが水脈の幅を広げたから、ヤツは下流に向かった可能性はあるな」

いつもなら騒がしい夜の湖だったが、今は滝が湖面を打つ音だけが聞こえる。平和になったのであろう湖を二人で覗《のぞ》く。

「じゃあ小魚たちはもう狙《ねら》われないね」

「そうだな」

「ねえカイル。今までは湖に落ちて運よく生き延びても、リオブレノスが止《とど》めを刺してたけど、いなくなったらここの住人も増えるってこと……だよね？」

「まぁ、あの高さから落ちて、そう簡単に生き残れはしないがな」

隣に座るカイルがぐっとユリウスの肩を引き寄せてきた。まるで心配するなと言っているみたいだ。

薄い布一枚隔てて肌が密着する。発情期でもないのに鼓動が高鳴り、ユリウスは全身でカイルを意識していた。

（そういえば、もう会えないからと思って僕から初めてカイルにキスしたなあ。カイルはどう思ってるんだろう）

この穴に落ちてすぐ、ユリウスは好きだと気持ちを伝えていた。だがカイルからはなにも言葉はない。発情期がくればフェロモンに引き寄せられて体は重ねるが、それは本能からだとわかっている。依然カイルの気持ちはわからぬままだ。

寂しい気もしたが、心はフェロモンで引き寄せられるものではない。嫌われてはいないだろうが、やはりそれほど好きではないのか。ユリウスに一緒にいて欲しいと懇願したカイル。あれは寂しさから出た言葉なのだろうか。

知りたい。カイルの本心を知りたい。どうせ死ぬまでここにいるのだ。ほんの少し気まずくなったって、それで死にはしない。

「あの、カイル……」

「なんだ？」

カイルがこちらを振り向いたと同時に、ユリウスは思い切った行動に出た。不意を突いてカイルの唇にキスしたのだ。やわらかい感触。目の前には驚いた顔のカイルだ。肩を抱くその手に力が入ったのがわかる。

「僕、カイルが好き。大好き。キスしたり、もっと……違うこともしたい。発情期じゃなくても、したいって思う。カイルは……どう、思う？」

まるで小鳥の囀《さえず》りのように鼓動が跳ねていた。未《いま》だかつてこんなに緊張したことがあっただろうか。レギーナの街で追いかけられたときも怖くてどきどきしたが、今の方が断然勝っている。

（心臓の音、聞かれてたらどうしよう）

顔から火を噴きそうなほど熱い。見つめる先の顔はまだ驚いたまま固まっていた。どうやら脈はないようだと諦めの気持ちになったとき、カイルの両手がユリウスの顔を挟むようにして包み込んだ。

「今さらなにを言うんだ？　俺はとっくにお前を好きだし、二度と離さないと言った」

今度はユリウスがぽかんとする番だ。一人にしないでとか離さないとは言われたが、好きだとは言われていない気がする。どんなに過去の記憶を辿っても出てこない。

「僕のこと、好き……なんだ？」

「ん？　当たり前だろう。そうじゃなきゃ命がけで助けたりはしない」

「それって、この穴でもう一人になりたくないから助けたんじゃないの？　寂しいから一人にするなって、どこにも行くなって言ってるのかと思ってた」

「は？」

カイルの間抜けた顔がフリーズする。

「確かにこの穴での孤独は気が狂いそうになる。だが寂しさを紛らわせるためだけにそんなことは言わない。ずっとそう思っていたのか？」

「……うん。だって、首を噛んでって言ったのに、噛んでくれなかったから。僕とは番になりたくないんだって思ってた」

しゅんとした顔で打ち明けると、言葉が足りなかったか、とカイルが呟いた。

「オメガとアルファの本能だけで番になりたくなかった。相手がオメガなら誰でもいいってことになるだろう？　だからあのときは耐えたんだ。本能の前に互いの気持ちを、フェロモンに惑わされない状態で確認したかった」

「カイル……」

本能に抗ってまでユリウスの気持ちを一番に考えてくれていた。言ってくれればよかったのにと思うが、カイルは昔から言葉足らずでその辺は不器用だったのを思い出した。

「初めてだったのに、本能のままにお前を強引に抱いてしまったから、俺こそ嫌われたかと思っていた。だから必死にここから出る方法を探しているのかと……」

「でも、あれは僕が勝手に発情して、そのフェロモンの影響で……。それにここから出るのは、目的が違うよ。イーサムを倒すためだよ？」

「そうだったな……」

カイルが参ったな、と苦笑いを浮かべた。

「きちんと言葉にするよ。俺はお前を……心からを愛している。もうずっと前からだ。お前の好きは、俺と同じか？」

瞬《まばた》きを忘れてカイルの黒い瞳を見つめた。それは嘘偽りのない真っ直《す》ぐな眼差しだ。

「へへっ……」

うれしさと照れくささが混ざり合い、ユリウスはそれを誤魔化《ごまか》すみたいにふにゃっと笑った。

「なんだ？　どうなんだ？　あっているのか違うのか答えてくれ」

細い腕をカイルの首に回し、ぎゅうぎゅう力を入れて抱きしめながら、あってるよ、と何度も繰り返した。ユリウスの心臓は胸の中で小躍りしている。

「そんなに抱きつくな。お前の綺麗な顔が見えなくなる」

「カイルって、僕の顔すごく好きだよね？」

もう何度、綺麗と言われただろう。そのたびに昔から鼓動が跳ねるなど、きっとカイルは知らない。ユリウスは腕の力を緩め、至近距離でやさしく見つめる瞳を覗き込んだ。

「ああ、好きだ。髪も、瞳も、この白い肌も、全て美しいと思う。愛《いと》しい――」

言葉を切るごとにカイルがそっと口づけてくる。くすぐったくて、でももっとして欲しくてたまらなかった。発情期以外でもこんなに好きな人と交じり合いたくなる。心も体も欲しくなるなんて、ユリウスは初めての感情に戸惑ってしまう。

「カイル……僕も、大好き。愛してる。ずっとずっと前から……」

自然に二人の顔が近づいて、それは隙間なくピッタリと重なり合った。まるで最後のパズルのピースがはめ込まれたように、その愛が完成する。

舌を絡ませながらキスをすると、ゆっくりと体温が上がってくる。どくんと心臓が大きく打った。それが一度だけではなく、二度三度。どくどくと速度も増していく。

「……ユリウス、お前」

「あまい匂《にお》い……する？」

上目遣いにカイルを見れば、今の一瞬でユリウスのフェロモンに影響されて煽《あお》られているのがわかった。呼吸が速い。黒い瞳がさらに濃く深淵《しんえん》の色に染められている。

「ぅわっ……」

カイルがユリウスを横抱きにして立ち上がった。アルファが出す支配的なフェロモンを感じ、ユリウスは背筋をぞくんと震わせる。

支配されたい、制圧されたい、絶対的な力で暴かれたい。

そんな感情が次々と湧《わ》き上がってきた。

カイルに抱かれたユリウスは、洞窟の中に敷かれた薄い布の上に下ろされる。それと同時に深く口づけられて、息も絶え絶えなディープなキスで押し倒された。

「ふぅ……んんっ、んっ、は、ぁっ……ぅんっ……んっ」

巧みに動くカイルの舌が、ユリウスの気持ちのいい場所ばかりを愛撫《あいぶ》してくる。大きな体に覆い被さられ、ねっとりと口腔《こうこう》を舐め回され、完全に発情状態になっていた。そのフエロモンはカイルを存分に刺激する。

「あますぎる……」

そう呟いたカイルがかろうじて肌を覆っているユリウスの衣服を、毟《むし》り取るようにして剝《は》いでしまった。両方の乳首は触れられてもいないのに硬く凝《しこ》り、外気に触れてさらに震えた。その乳首にカイルが獣のごとくむしゃぶりつく。

「あっ！　は、ぁあんっ……ん、ふぁっ……」

じゅっと強く吸い上げられて、痺《しび》れるような快感が腰の奥を刺激する。もう片方は強く摘《つ》ままれ何度も弾《はじ》かれた。ユリウスの股間《こかん》はすでに硬くなっている。カイルの腹にそれを押しつけて腰を振っていた。先端からは愛液が滲み出していて、さらに滑りをよくしている。

「……お前をひどく抱いてしまいそうだ」

そのフェロモンは目眩《めまい》がする、とカイルは必死になにかと戦っているような険しい顔だ。我慢なんてしなくてもいい、本能のままに抱いてくれればいい。

「いいよ、カイル。好きにして。僕はずっとそうされたいと思ってたんだ」

火に油を注ぐようなことを言った。わざとだった。本心も希望もそこに含まれている。

ユリウスを見つめるカイルの漆黒の瞳に情慾《じょうよく》に燃える炎が見えた。その炎に焼き尽くされたい気持ちだった。ユリウスの後孔は忙《せわ》しなく開閉し、アルファの……カイルの熱塊を待ち受けている。

「このままだと、お前を傷つける」

カイルが呟いたあと、ユリウスの上半身は起こされた。あぐらの上に跨《また》がるような格好になり、ふるふると揺れるユリウスの熱棒はカイルのものと触れあう。

「こうしておかないと、お前の背中にまた怪我をさせる」

向かい合う格好になって、今度はユリウスがカイルを見下ろす。目が合うと同時に唇を重ね、カイルの首に腕を回して体を密着させた。

「んっ、んっ、んっ、んはっ……、ぁんっ」

何度も角度を変えて互いの舌を絡めて味わう。尖った乳首をカイルの胸に押しつけて擦った。じわじわと快楽が生まれて、それは腰の奥にある疼《うず》きを刺激していく。内にある獣のような暴力的な欲を暴かれたくてたまらない。

カイルの手がユリウスの白くなめらかな尻《しり》を摑み、揉み拉《しだ》きながら左右に広げる。後孔は濡れ、開かれるたびにぐちゅっと音が聞こえた。恥ずかしいのにぞくぞく興奮して、被虐心がくすぐられる。

「ん、ぁっ」

ずぶずぶとカイルの指が後孔に入れられ、ユリウスは白い喉《のど》を見せて反射的に仰《の》け反《ぞ》った。中を弄《いじ》り始めたカイルの指は、なにかを探している。肉壁をなぞり、ぐりっと指を回転させ一点を押された。

「あ、ああっ！　ひっ、ぐぅ……」

「ここがいいのか」

ユリウスが反応した場所を何度も擦られる。腰がビクビクと震え、カイルの腹に自身の熱を擦りつけた。指なんかよりももっと熱くて確実なものが欲しい。腹の奥に注いで欲しい。その欲求はさらに大きくなった。

「……欲しい」

切なげにカイルを見下ろして言えば、彼は口の端を上げて愛しげに目を細めた。頭がおかしくなる前に挿《い》れてもらわないとどうにかなりそうだ。

カイルの指がぬぷっと引き抜かれた。先ほどよりももっと疼きともどかしさは強くなる。発情期でもないのに発情し、そのフェロモンでカイルまでその気にさせてしまった。一体どうなっているのだと思いながらも、時間を追うごとに理性が失われていった。

「……挿れるぞ」

腰を掴まれ体を持ち上げられる。いよいよかと思うとユリウスははしたなく腰を振りそうになり、それを必死に我慢した。そそり立つカイルの屹立《きつりつ》に、後孔からとろっと愛液が垂れる。欲しがる肉環に先端がキスをして、そのままずぶずぶとユリウスの中へと這《は》い入ってきた。

「ふ、あぁああ……あ、あっ……は、ふっ」

強い快感が背中を駆け上がってくる。脳髄を刺激し、ユリウスは天を仰ぎながら惚《ほう》けた表情になった。自身の体重で熱塊はさらに奥へと進み、串刺《くしざ》しにされているような感覚に身震いする。

「すご、い……ここ、いっぱい」

自分の腹に手を当てたユリウスは、自分の中にあるカイルの灼熱《しゃくねつ》を撫でる。肉筒の中でそれがびくびくと反応し、愛しさが増した。

「お前の中は、熱くて気持ちがいい……めちゃくちゃにしそうだ」

「いいよ、して。好きにして、僕の中を、カイルでいっぱいにし——」

ユリウスが言い終わらないうちにカイルが腰を掴んで持ち上げ、ずんと自身の槍《やり》に突き刺した。

「ああああっ！　ぅ、あっ……く、ぅ……ぅ」

奥深くをカイルが穿《うが》つと、快感の波が体の芯《しん》を駆け上がってきた。ユリウスの体を持ち上げては落とし、落とすと同時にカイルが下から突き上げる。ユリウスの中を余すところなく擦り上げてきた。奥の奥まで暴かれて、それでも貪欲《どんよく》にそこはカイルを求めた。

「あ、あぁっ……く、ふ、ぁっ、んっ、んっ、んぁっ、あ、あんっ」

体が上下に揺らされる。振り落とされないようにカイルの首にしがみつくが、無防備な胸の先を強く噛まれて悲鳴が上がった。

「や、ぁ、ぃ、ぁあっ、そこ、もっと、……噛んで」

痛いのに気持ちよくて、噛まれるとその痛みがユリウスの前を刺激して我慢しなければ射精しそうになる。

「これがいいのか」

「いいっ、あ、あ、あっ……いいっ」

噛んで突いて、もっとして、と懇願する声が洞窟に響く。ぐちゅぐちゅと卑猥《ひわい》な音と、二人の吐息とユリウスの喘ぐ声は、どこまでも反響していた。

カイルの動きが激しくなるにつれ、ユリウスは足に触れる感触に違和感を覚えていた。

視界がぐらぐらと揺れる中、下を見たユリウスは驚く。カイルの下半身の大部分が竜化していたのだ。太腿《ふともも》の中ほどまで黒い鱗に覆われている。激しく岩に擦れる部分を鱗で覆ったのだろう。

もし自分の中に入っているカイルの屹立も竜化していたらどうなるのだろう、とそんな馬鹿なことを考えた。今でさえ長大でいっぱいなのに、さらに大きくなれば……。

「ああ、カイル……カイルっ」

「なんだ、急にきつく締まったぞ」

焦ったようなカイルの声に、ユリウスは自ら腰を振り始める。

「気持ちいい……カイル、好き、ああ、すご、い、ここ、すご……あぁっ！」

自分の性器をカイルの腹で擦り、腰を振って中をカイルの熱塊で中を擦り、さらに胸を嚙んでと突き出した。淫蕩《いんとう》な様をこれでもかと見せつけて、ユリウスは絶頂の縁にいた。

「ああっ、あ、あ……んっ、はっ、あ、あっ！」

体全部が性感帯になったかのようで、ユリウスは全ての刺激を敏感に拾っていた。カイルの首にしがみつき、無防備な首筋に歯を立てて嚙んでくれと見せつけるような格好になった。これも本能なのだ。

「あっ、あ、あぁっ、……ん、ぁ、……あ、もう、おね、が……い」

カイルがユリウスの首筋に唇を寄せたのがわかった。嚙まれる、そう思った。舌が這いずり、その瞬間を待つ。その間も、ユリウスはゆっくりと絶頂へと導かれ、あと何度か揺すられたら達するだろう。

「ユリウス……お前の中に、出すぞ」

耳元でカイルの声が聞こえた。全身にビリビリと快感の渦が波紋のように広がる。止められない勢い。

それは迫《せ》り上がり、腹の奥がこれでもかとカイルに嚙みついて、同時に精を絞り出そうと激しく動く。

「カイル、カイル……ああ、あ……ぅっ、く、……ぅ、んん……っ」

まるで体がカイルと一体化するような感覚がまたやってくる。これは穴に落ちて初めての発情でカイルと繫がったときにも感じた。

（まただ……）

繫がっているのは性器なのに、体全部がカイルに取り込まれていく。感覚なのか実際そうなのかわからない。

「は、あああぁっ、あ、あ……あぁあっ！」

やってきた極みは、尻の筋肉が痙攣《けいれん》するほどよくて、息をするのも忘れてしまっていた。目を閉じたユリウスは蕩《とろ》かされる快感に身を委《ゆだ》ねる。目の前が白くなった。意識がどこかに飛んでいってしまうほどの愉悦に支配され、恍惚《こうこつ》の顔を見せる。

激しく動いていたカイルの動きが止まり、腹の奥に熱が広がった。ユリウスの高まりはカイルの精を流し込まれたことによってさらに増す。

「……ユリウス」

切なげに名前を呼ばれ、首筋に痛みと愉悦が広がる。多幸感と今まで感じたことのない浮遊感がユリウスを襲い、首を噛まれたのだと気づくまでしばらくかかった。

白い光の中で二つの魂が触れ合い、融合するような果てのない感覚に意識が溶け出すようだった。

カイルとひとつになれたならどんなにいいだろうと、ずっと夢見ていた。離ればなれになる悲しみもなにもない、それはユリウスの願いだった。

真っ白い光の中、数メートルほど先に突然カイルの姿が現れた。彼は一糸纏《まと》わぬ姿でこちらを見つめて立っている。今はカイルと抱き合っているはずなのに、なぜそんなに離れたところにいるのだろうか。

心の中がふわふわした感覚に、不思議だなと思いながらカイルを見つめる。

『カイル……』

自分の声が頭の中に響いた。洞窟に響くのとはまた違う。

ユリウスもまた生まれたままの姿で立っており、近づいてきたカイルがそっとユリウスを抱きしめる。温かくやさしくやわらかく、それは幸せであるとユリウスは感じていた。

『ユリウス』

カイルの声もまた同じように頭に響く。なにがどうなっているのかわからなかった。

『僕たち、どうなってるの？』

『俺とお前は番になった』

その言葉にはっとして、ユリウスは自分の首の後ろへ手をやった。なめらかな肌の上に凹凸があり、指先で歯形だとわかるものが触れる。

『カイル、噛んでくれたんだ』

うれしさのあまりに涙があふれてくる。

カイルはユリウスの気持ちを受け止めてくれた。本能よりも気持ちを優先してくれた。それがうれしくて愛しくてたまらなかった。

『俺たちはひとつになった』

カイルにやさしく肩を抱かれる。すると目の前に目を開けていられないほど眩《まぶ》しい光の玉が現れた。カイルに促されるようにして、その光の方へ歩き始めた。そして〝ひとつになる〟ことの意味を知る。

白い光の中にぼんやりと映し出された洞窟の岩肌。何度も目にして見慣れているものだ。しかしそれはユリウスが見ているようでそうではない、不思議な感覚だった。

（これ、なに？　どういうこと？）

　視界がゆっくりと洞窟の外へ向けられる。みしみしとなにかが擦れあう音が聞こえた。それは竜化したカイルが洞窟の外へ歩いていく音だ。視界が開け、美しい湖が目に飛び込んでくる。これは今ユリウスが見ている景色なのだろうか。それにしては妙な時間のずれを感じていた。

（なにか変だ……今までと違う）

　自分の手を見ようとしたがなぜかそれができない。代わりにカイルの声が頭に響く。

『ユリウス……』

『カイル……僕、変なんだ』

『怖がるな、ユリウス。俺たちはひとつになった』

『どういう、こと？』

　混乱している気持ちは、言葉にしなくてもカイルに伝わったようだった。大丈夫だ、落ち着けと静かな声で言われた。

『俺が首を噛んだ瞬間というか、お互いが同時に達した瞬間、眩しい光に包まれた。そして……気づいたら、俺は完全竜化していた』

　カイルが――ユリウスが――湖を覗き込むと、そこには竜化したカイルの姿があった。

お前は俺の中にいる、と言われて少しの混乱もなかった。それはもう感覚で実感していたからだ。

(ああ、ひとつになれた——)

『そうだ。俺たちはひとつになった』

ユリウスが心の中で思った気持ちに、間髪入れずにカイルが答える。言葉を発さなくても通じ合えることにうれしさが込み上げた。

『僕、ずっとこうなりたいって思ってた。カイルとひとつになれたら、もう離れてしまう悲しさを味わわなくてすむから』

『俺もだ、ユリウス。お前を失う苦しみを味わうこともない』

そしてユリウスは気づいた。湖に映る竜化したカイルの背中には大きな翼が二つあったのだ。その片翼はユリウスの髪と同じ金色である。

『もしかして、これって……』

『ユリウスが俺の翼になった』

そんなことがあり得るのかと、まだ信じられない気持ちだった。しかし魂が融合するという信じられない現象が起きているのだから、ユリウスが翼になっていても驚きはしない。

『これ、僕なんだ』

『そうだ』

両翼が豪快に羽ばたくと、自分の手足を誰かに動かされているような不思議な感触があった。とはいえ操り人形のように自由がないわけではない。自分の意思で動かそうとすればできるのだ。

『これで、この穴から出られるよ！』

『そうだ。帰ろう、俺たちのオシアノスに』

ひときわ大きく翼を羽ばたかせると、ぶんと空を切る風の音が聞こえ、それを繰り返すと湖面が波打ち、それが岩肌に当たり白く波立った。

両脚が地面から離れ、体がふわりと浮く。さらに力強く羽ばたくと、ぐんと上へ引っ張られるように二人は舞い上がっていく。

下から穴の出口を見ていたときはとても遠くに感じていた。しかし二人の羽ばたきでその穴に近づいていくと、瞬く間に竜穴から飛び出した。

深く底のないといわれた竜穴。

落ちれば最後、二度と這い上がってこられないともいわれた竜穴。

途中で空間に捻れがあるような、摩訶不思議《まかふしぎ》な竜穴をものの数秒で飛び出したのだ。

第四章

『うわっ、空が、広い……っ』

ユリウスは目の前に広がる真っ青な空を目にして呟いていた。目に染みるような鮮やかな青に思わず泣きそうになる。

青空はずっと地平線の彼方まで繋がっている。青々とした木々たちが肩を寄せ合う森の上空を、風が遊ぶように駆け抜けていく。ユリウスが密《ひそ》かに生活していた山小屋の屋根の一部が見えた。

上昇気流はさらに二人を上へと運んでいく。雄大な景色を目にしたカイルは本当にうれしいのだろう。森の上を何度も旋回し、ようやっと大海原の方へと舵《かじ》を切る。

『ユリウス、これは夢ではないな？』

『うん……夢じゃ、ないよ』

開放感と高揚感。カイルの気持ちは、言葉にしなくても感情としてユリウスにも流れ込んできた。それを受けてユリウスもまた同じように幸せな気持ちになる。

何度か羽ばたいた翼竜は、穏やかな海上に出た。ユリウスは初めて見る海だ。

『大きいね！　これが海？』

『海だ。俺が初めて目にしたのは視察で港に立ち寄ったときだ。だがこんな高い場所から海を眺めることになるとはな。あの頃のレギーナ港は活気があってみんな生き生きと仕事をしていた』

『そうなんだ。今の港はどうなってるんだろう。ねえ、海ってどこまであるの？』

『さぁな。果てまで行ったことはない。行ってみるか？』

カイルが力強く羽ばたいてスピードを上げる。しかし上昇気流には乗らず、大きく旋回し始めた。

『そうだな。わかった』

カイルがまるでひとりごとのように呟いた。言葉にしなくてもお互いの気持ちは手に取るようにわかるが、あえてカイルがユリウスに返事をする。

『言わなくてもわかるって、便利だけどちょっと照れくさいよね』

『お互いに慣れてないからな。俺もユリウスの意見に賛成だ。――城へ急ごう』

カイルが笑う。浮かれたようなカイルの気持ちが流れ込んでくる。しかしそれは途中で別の感情、覚悟を決めた猛々《たけだけ》しいものに塗り替えられていく。

翼竜はオシアノスの中枢、ラグドリア城へと進路を取っていた。眼下にはレギーナの港が見えてくる。イーサム王権になる前はもっと活気があった、とカイルが呟く。

やはりそうなのか、と思いながら下界を眺め、人がアリのように動いているのを不思議な気持ちで見下ろす。

翼竜はまた大きく羽ばたきスピードを増し、港からレギーナの街の上空へと移動する。ユリウスが憧《あこが》れ、数年前にカイルと再会した場所である。アーシャン通りにはいつもたくさんの露店が軒を連ね人が行き交い、色々な人の笑い声が聞こえ、人々の生活がそこにあるはずだった。しかし上空からその気配はほとんど感じられない。

『人が……いない。けどなにか変だよ』

『…………』

通りには軒を連ねた屋台が出ているのに人がいない。なによりも街に生気はないのに、あちらこちらに色とりどりのカーニバルガーランドが下げられてある。広場にはステージがあり、その周りには露店のパラソルがいくつも立ち並んでいるのに、人の気配は全くなかった。まるでカーニバルの途中で人が消えてしまったような違和感である。

『――どうなっているんだ』

カイルがぽつんと呟いた。きっとユリウスの気持ちはいやというほどカイルに届いているのだろう。それを察したがゆえのひとことだった。

賑《にぎ》やかなアーシャン通りを、あの活気ある通りをカイルと一緒に歩くのが夢だった。こんなのはあまりのひどすぎると、ユリウスは言葉もなく胸を痛める。

『……ユリウス。俺は、あの頃のレギーナを取り戻す。もうイーサムの好きにはさせない』

『うん……。あの元気なレギーナの街をもう一回歩きたい。それで、またパレードを見たいよ』

静まりかえったレギーナの街の上空を通過し、遠くにラグドリア城を望む。青い尖り屋根の城は、空の抜けるような青と一体化しているようだった。一番高い塔の先にはオシアノスの国旗が風に揺れているが、気高く荘厳なはずの城は薄《うっす》らと黒煙で霞《かす》んでいる。城の周辺は不穏な空気が漂っていた。城の入り口へと続く第一の門を、荷馬車が勢いよく走り抜けていく。幌のない荷台には男性ばかりが乗り込んでおり、どうも様子がおかしい。

『ねえカイル、お城の方、変だよね……？』

『ああ、わかっている。城の方角からなにか焼ける臭いがしている』

カイルが言った途端、翼竜はまたスピードを上げた。眼下の景色がものすごいスピードで流れていき、それとともに城の周辺でなにが起きているのかが見え始めた。

城の中へと入るための跳ね上げ橋が下ろされ、民衆が一斉に雪崩《なだ》れ込んでいる。皆の手には物騒な武器が握られていた。城の警備はそう簡単に突破されないはずだが、なぜか易々《やすやす》と城内に侵入を許しているようだ。

『城の警備はどうなっているんだっ』

カイルが苛立《いらだ》ちを隠さずに呟いた。上空を大きく旋回して城の裏側に回ると、そこでは竜化した者同士が殺し合いをしており、さらに一般国民までが参戦し入り乱れている。国民と王政が衝突しているのではなかったのかと、ユリウスとカイルは首を捻《ひね》った。

現場は大混乱で、そこかしこで血が流れている。

『王の警備隊や騎士団がここまで攻められるなどあり得ない……』

カイルの混乱と焦りの気持ちが伝わってくる。お飾りで据えられていたとはいえ、カイルも騎士団長を任されていた。だから城や王を守る兵の実力は理解しているのだろう。王に近い者や騎士団の上層部はアルファが多いはずだ。ベータである国民が束になってかかったところで、竜族も従えている部隊に敵《かな》うはずがない。それなのにここまで攻め込まれているなど異常事態としか思えない。

『カイル、下に降りよう』

『……だが、状況が読めない今は、無闇に飛び込まない方が……』

そう言いかけたカイルが、城の窓から見え隠れする戦闘中の誰かに気づいたようだった。鋭い牙《きば》で相手の首元に噛みつき、鋭利な爪の後ろ足で蹴《け》り上げる。絡み合って倒れ、血を流しながらも再び立ち上がり挑んでいく。二体の竜化した者が流血しながら激しい戦闘を繰り広げていたのだ。

カイルはどうやらその片方を知っているようである。

『ダリル！』

カイルの声が上空に響く。人の声ではない腹の底に響くような竜の鳴き声は、同じ竜族ならば意味を聞き取れるようだ。その声に反応し、竜化した者が一斉に上空を見上げる。釣られるようにして戦闘中の国民たちも数人が空を見上げていた。

『ユリウス、行くぞ』

翼を大きく羽ばたかせ旋回をしたあと、城の窓を目がけて突進する。塔の上階にある窓は、竜化した二人でも飛び込める大きさだ。しかしそこはしっかりと閉められている。

それでも勢いをつけた翼竜は構わず突っ込んだ。窓枠が折れてガラスが割れ、物々しい音が辺りに響き渡った。首筋に衝撃を感じ、そのままガラスの散らばる床に倒れ込み体が滑っていく。

飛び込んだ先は王の間だった。磨き上げられた石造りの床に真っ赤な絨毯《じゅうたん》が敷かれてあるが、それは踏み荒らされて見る影もない。壁には焼け焦げた跡、剣や槍で突いたような傷も無数にある。この王の間で激しい戦闘が行われた証拠だった。

『お前……何者だ』

カイルがダリルと呼んだ男はこちらを見て呟いた。とはいえ、お互いに竜化しているので言葉は唸《うな》り声である。

『久しいな、ダリル』

背中の翼の片方が黄金の翼竜などいないのだろう。それを見てかなり警戒している。こちらに気を逸《そ》らされたダリルが隙を突かれ、目の前の竜に攻撃される。それをカイルは見逃さなかった。二人の間に火炎を吹き、距離を取らせたのだ。

『カミーユ様？　まさか、本当にカミーユ様ですか⁉』

『そうだ。お前は昔に比べて少し弱くなったか？』

カイルが冗談混じりに言えば、まさか、と別の方向から斬《き》りかかってきた剣士を尻尾で叩《たた》き飛ばした。

『それで、これはどうなっているんだ？』

『これは私たちが仕組んだ反乱です。城内に私の息がかかった者たちが父の……ゴードン側の連中と交戦中です』

『なに……反乱だと？　お前が仕組んだというのか』

　二人は話をしながらも降りかかる攻撃を躱《かわ》しては追撃している。

『なるほど。国民は味方というわけか。道理でアルファが威嚇《いかく》フェロモンを出していないわけだ』

　国民は全てベータだ。ベータはアルファの威嚇、服従フェロモンで動きが鈍る。オメガが相手なら完全に動きを封じられてしまうほど強力だ。それを使わないダリル側のアルファは竜化して戦うことを選んだのだ。ダリル側のアルファが先陣を切って突入し、そこに一般国民が雪崩れ込んだのだろう。

『街の人間でいくつかのグループを作り、俺たちが相手側のアルファを押さえ込んでいる間に国民を城の中へ誘導しました。アルファが強力でも数では勝てないですから』

『だが……オシアノスの軍はそう柔なものではないだろうに』

『そんなの、俺がちょっと仕掛ければ簡単ですよ』

　背後から斬りかかってきた剣士の剣を、ダリルが長い尾で弾き飛ばした。まるで後ろにも目があるかのようだ。

『なにをした……？』

『父の一派は毎夜、飽きもせず宴会を開いています。その酒に少し細工をしたんです。だから今のやつらは腑《ふ》抜《ぬ》け同然ですよ。街の人間でも同等にやれるぐらい戦闘能力は落ちているはずです』

『しかし騎士団はそうたやすくはないだろう。常に戦闘に備えているはずで……』

『今日は前バルバトス王が身罷《みまか》られた日だ。だから特別な日。騎士団も酒の入ったジョッキを手にしたんですよ』

オシアノスでは王が亡くなった日には、街を挙げてのカーニバルが行われる。偉大な王であればあるほどそれは派手になり、生前の偉業を祭りで盛り上げて称《たた》えるのだ。街全体がお祭りの装飾をしていたのはそのためだったらしい。それにしてもここまで大規模な反乱を計画していると気づけないほど、王政は腐りきり、自分たちのことしか見えなくなっていたのだ。

『それにしても、またカミーユ様にお会いできるなんて、夢にも思っていませんでした』

会話をしながらも二頭は戦闘を続け、王の間にいた敵を一掃した。城の下の方ではまだ戦闘が続いているのか、けたたましい竜の鳴き声が響き渡っている。

『イーサムはどこへ行った？』

『ヤツはこの王の間から隠し扉を抜けて逃げていきました。もう一歩のところで仕留め損ないました』

『そうか。あの扉はさらに上の部屋に繋がる通路だな』

人が一人やっと通れるくらいの細い通路だ。竜化したままでは通れない。

『俺が追います』

ダリルが立ち上がるが、彼の足や腕には剣で切られた傷が無数にあり、動くたびに出血していた。

『そのまま人に戻れば死ぬぞ。俺なら行ける』

カイルが翼を羽ばたかせた。通路に突入するのかと思いきやそうではない。大窓から外に出ようというのだ。

『カイル、外から行ける場所にその部屋があるの？』

『俺の知っている場所が変わっていなければな』

窓の縁まで歩いていくと、そのまま体は大きく傾き同時に翼を広げる。風を捉えて体が浮き上がる感覚に身を任せた。

『お前の翼を借りて、このままイーサムを捕らえたい。許可してくれるか？』

今さらカイルがそんなことを言い出す。この城に向かっているときに、いや、あの竜穴を出ると決めたときに覚悟していた。だから許可を求めるカイルがなんだかかわいらしく思えた。

『カイル、そんな許可はいらないよ。カイルのしたいことは僕のしたいことなんだ』

『ユリウス……。そう言ってくれてありがとう』

城の一番高い塔の周辺を旋回する。一番上にはオシアノスの国旗が靡《なび》き、青い屋根はまだ穢されていないように見えた。尖った屋根にある小さな窓に向かってカイルとユリウスは突進し、寸前で体勢を変え、両脚からその窓に突っ込んでいく。衝撃はものすごかったが、足になにかやわらかい感触があった。

「や、やめろ!」

男の声が聞こえた瞬間、摑んでいたはずのものが急激に硬化し大きくなっていく。

『カイル!』

ユリウスは思わず叫んでいた。足で捕らえていられず、その小部屋から引きずり出すのが精一杯になる。辺りには屋根瓦《がわら》や窓ガラス、レンガの破片が飛び散り白い砂埃《すなぼこり》を舞い上げていた。

『ギャアアアアアッ!』

ひときわ大きな鳴き声が聞こえ、ぼろぼろになった窓からカイルたちが引っ張り出したのは丸々太った竜である。翼は体のわりに小さく、羽ばたいても飛べるとは思えないものだった。それでも飛ぼうとして必死に動かし、そのまま下にあるバルコニーへと落下していく。ものすごい轟音《ごうおん》が辺りに響き渡り、周辺で戦っていた国民や兵士が手を止めるほどだった。

『イーサム！　もう逃げられないぞ！』

バルコニーの上でじたばたしながら起き上がったイーサムは、小さな翼にぶよぶよと太った胴体で、同じ竜族とは思えない醜さだった。

『お前！　何者だ！　わ、わ、私がオシアノスの国王と知っての振る舞いか！』

『俺の声を忘れたとは言わせないぞ。お前とゴードンが仕掛けた汚い罠で竜穴に落とされた恨みが、どれほどのものか知りたいだろう？』

カイルの憎しみと怒りの気持ちがユリウスにも伝わってくる。同時に美しく豊かだったオシアノスをここまで滅茶苦茶《めちゃくちゃ》にしてしまった憤りと悲しみに、ユリウスも泣きそうになってしまう。

『まさか、そんな……カ、カミーユだと？　お前は五年も前にあの竜穴に、おと、落としたはず……っ』

明らかにイーサムは怯えている。じりじりと城の中へと入ろうとしていた。しかしカイルはそれを許さない。一気にバルコニーまで急降下をすると、イーサムは城の中へ逃げ込もうと背を向けた。

『ぐおおおおおっ』

　背中から押さえつけられたイーサムが断末魔のような叫び声を上げる。それでもカイルは押さえつけたまま離さない。

　バルコニーでなにが起きているのかと、城の下から兵士と街の人間が様子を窺っている。突然の出来事に、お互い剣を振るうのさえも忘れているようだった。

『イーサム王よ、竜化してもこのみっともない姿。国民の血税をどれほど貪《むさぼ》ったのだ？人の姿に戻れ。そして今ここで、民衆に向かって言うのだ』

『な、なにをだ！　お前がバルバトス王暗殺計画を立てていたのは事実だと、言われなくても叫んでやる。いくらでもな！』

『性根まで腐ったか、王よ。いや、お前はもう王ではなくなる』

　カイルがイーサムの耳元に顔を近づける。たったそれだけでイーサム王がびくつき怯えているのがわかった。耳元に口を持っていったカイルは、周囲に聞こえないように囁く。

『オシアノスの王の座を俺に譲り、そして五年前に俺を陥れた事実を民衆に告げよ。そうすれば命までは取らない。だが偽りを叫ぶなら、その瞬間、俺の怒りはお前の全てを木っ《こ》端微塵《ぱみじん》にするだろう』

　イーサムが息を呑んだのがわかった。こんなにまで追い詰められてもイーサムはプライドを振りかざし虚勢を張るのか。だがカイルの鋭い足の爪がイーサムの背中に食い込んだことで、情けなく頷いたのだった。

　イーサムが人の姿に戻るも、それでもカイルはその背中を押さえたままだ。

「人に戻ったんだ。その足をどけろ！」

『聞けない。今から民衆の前へ引っ張り出すのだからな』

　カイルはイーサムの肩を捕まえると、そのまま羽ばたき空へと飛び上がる。自重でカイルの爪がイーサムの肉に食い込み、白い上等な上着に赤く血が滲んでいた。なにをするのかはユリウスにはわかっている。

「ひぃぃぃっ！　やめ、やめてくれ！　い、痛い！　肩が痛い！」

　イーサムの抗議など完全に無視をしたカイルは、イーサムを捕まえたまま城の広場の方へと向かう。そこにはまだ戦っている民衆と兵士がいた。しかし上空に翼竜が現れ、さらにその竜の足には国王がぶら下がっていては、戦う手を止めざるを得なかった。

『さあ、民衆に向かって懺悔《ざんげ》しろ』

　カイルが促すと、しばらく沈黙していたイーサムが口を開く。

「オシアノスの王位を、カミーユ・デルタ・マルシェに、譲る……っ」

　イーサムの声が城の周辺に響き渡った。あれほど埃が舞い上がり叫び声や悲鳴が聞こえていたのに、今はまるで誰もいないかのように静まりかえっていた。カイルが羽ばたく羽音だけがやけに大きく聞こえる。

「おい、あれ、イーサム王だよな。なんであんなところにいるんだ。カミーユ様は、竜穴に落とされたはず……」

「確か、国王暗殺疑惑……だよな」

民衆が囁くような声で疑念を口にしている。カイルにはその小さな声もよく聞こえていた。

『イーサム、それだけではないだろう。五年前の汚い企みを話せ。さもなくば、今すぐに足を離すぞ。脅しではない』

イーサムの肩を掴む足に力を入れたカイルに、イーサムの悲鳴が響き、うな垂れるようにして五年前の経緯を口にし始めた。

ゴードンと共謀してカミーユを罠にかけ、冤罪《えんざい》で竜穴に落としたこと。そして国民に重税を課し、その金で毎夜豪遊していたこと。さらには王位欲しさにバルバトス王までも手にかけたことを。それを知らなかったカイルは、イーサムの自分勝手な思惑でバルバトス王までが殺された事実に憤った。

悲しみと怒りが体の中を暴れ狂って駆けている。カイルが空に向かい慟哭《どうこく》を吐き出すよ

うにごぅ……と炎を吹いた。それを目にした民衆が一瞬怯《ひる》む。

『イーサム……お前は俺を追いやっただけでなく、バルバトス王までも……』

「ぎゃあああっ……やめろ！　カミーユ！　肩が……肩が砕ける！」

カイルが憎しみを抑えきれず、イーサムの肩をこれでもかと強く摑んでいた。負け犬の惨めな悲鳴が反響し、遠くまでこだまする。

イーサムの告白を聞いた民衆がざわつき、疑念から怒りに満ちた目へと変化していく。

「もしかして、あの竜がカミーユ様……？　あれがそうなのか？」

民衆がようやく気づき始める。片方の翼が金色の竜、それがカミーユだと。

「次期国王はカミーユ様だ！」

どこからともなくそんな声が飛んできた。その声を聞き、そうだそうだと他の民衆も口々に叫び始めた。その波は一気に広がっていく。城の広場や塔の窓から、民衆が手に持った武器を掲げてカミーユの名をコールし始める。

「カミーユ王！」

「カミーユ様！」

その勢いはイーサム派の兵士を追い詰め、民衆を押しとどめようとしていた騎士団や王兵たちも、忠誠を誓ったはずのイーサムが堕《お》ちたと理解し戦意を失っていった。

竜化していた王族アルファたちも次々に人へと戻り、殺伐としていた城内の空気が一瞬で変わっていく。

カイルは広場の真ん中へ進み、ゆっくりと降下する。摑んでいたイーサムを下ろすと、消沈してぐったりとその場に座り込んだ。

『カイル、竜化を解く？　僕はどうなるのかな？』

今ここで竜化を解いて姿を見せれば説得力もあるだろう。しかしカイルはそれを選択しないようだ。

『ここではまだ、このままでいよう』

二人で話していると、こちらに向かって誰かが歩いてくる。足を引きずりながら歩く男の前方は、ざっと波が引くように民衆が皆道をあけていく。それはユリウスたちの前まで繋がっていった。姿を見せたのは黒髪の青年である。体にはいくつもの切り傷があり、衣服は赤く血で染まっていた。腕や足には端切れのような布で簡易的な止血がされてあるが、それも血で染まっている。左腕を押さえながらよろよろと二人の前までやってきた。

「カミーユ、様……」

男の声に聞き覚えがあった。彼は王の間でカイルと背中合わせで戦っていたダリルだ。人に戻れば死ぬとカイルに言われていたのに、強引に竜化を解いたらしい。そのせいか全身が赤く染められ、顔色も悪く足元もおぼつかない状態だった。

『ダリル！　なぜ竜化を解いた！　血を流しすぎだ。今すぐに救護班を……』

「人の姿でないと……だめなのです」

ユリウスたちの前で片膝をつき、右手は自身の胸に当てられる。頭《こうべ》を垂れ忠誠を誓う体勢になった。ダリルの体力は限界に近いのか、体がぐらぐらして今にも倒れそうだ。

「カミーユ新王、私、ダリル・リカド・ランチェスは、残りの人生全てをかけ忠誠を誓います」

ダリルの姿を見た民衆は武器を次々に手放していき、その場に跪《ひざまず》いて胸に手を当て頭を垂れる。まるで伝播するかのように民衆が皆、同じようにカミーユに忠誠を示していった。

イーサム派の兵士は戦意を失い捕らえられ、しかたなくイーサムに従っていた王兵や騎士団の面々も同じように膝を折っている。誰に従えばいいいか、新王が誰なのか察したようだった。

周囲の空気がまるで浄化されるように変化していき、ダリルが仕組んだ大がかりな反乱は収束していったのだった。

ユリウスは体が温かいものに包まれていることに気づき、気持ちがよくてそれに体を押しつけた。弾力のあるそれはすべすべしていて、ユリウスの指先を滑らせる。

（なんだろう、これ……温かくてなめらかな……）

◆　◇　◆

ゆっくりと目を開けば、そこには黒髪で美形なカイルの寝顔があった。自分がラグドリア城の中にいるのを思い出した。確かそのときはカイルが竜化して魂と体がひとつになっていたから、そのままの状態で眠りについたはず。だが寝ているうちに人に戻りカイルと分離したようである。

「元に、戻った」

目の前にある自分の手を何度か開閉して確かめる。どうやって分離したのかはわからないが、少し残念な気がしてならなかった。ユリウスはベッドの上で起き上がる。部屋は広く、清潔なベッドの周りには、なにかの破片がまだ落ちたままだ。城のほとんどの部屋で戦闘が行われたため、どの部屋にもその痕跡《こんせき》が残っている。まだまだ混乱の中、消耗したユリウスたちは一番ましな部屋に通された。

自分がこの場所にいるのがまだ夢の続きを見ているのではないかという感じで、現実味があまりなかった。カイルとひとつになってからそれはずっと続いている。

「いてっ」

自分の頬を抓《つね》ってみると痛みが走る。やはり夢ではないようだ。隣で眠るカイルを見つめ、竜穴では眠りの浅かったことを考えると、起こすのは悪い気がした。

ベッドから下りようとしたが、自分が素っ裸なのに気づいて戸惑った。辺りを見ればトルソーが高そうな服を着ていて、それは二人分用意してある。

(まさか、これを着ろってことなのかな。こんな高そうな生地の服、着られそうにないや)

触るのさえも恐れ多いようなものだ。ユリウスはベッドから下りて近づいて観察する。濃紺のコートは前面に金の刺繍《ししゅう》が施され、白地のウエストコートも同様のようだ。ブリーチズは裾《すそ》の辺りにも金刺繍が入っていた。クラヴァットは見たことのないくらいにボリュームがある。

目をまん丸にしてそのトルソーを眺め、ユリウスは辺りを見回し、近くのクローゼットを開ける。そこに入っている白のシーツを引っ張り出して体に巻きつけた。部屋から出ないならこの格好でも大丈夫だろう。カイルの目が覚めたら、もう少し普通の服を用意してもらえばいい。

　そう思いながら長いシーツの裾をまるで女性のドレスのように引きずり、近くの窓まで歩いていく。外を見れば、どうやら城の兵たちや民衆が一緒になって壊れた城壁の修復や片付けをしている。少し前まで殺し合っていた仲とは思えなかった。

　人が傷つけ合うあの光景を思い出すと、今でも恐ろしい。狂気と憎しみと怒り。その感情に支配された人は怖い。もしもユリウス一人だったら、足が竦《すく》んで一歩も進めなかっただろう。

「僕は、どうなるのかな」

　今はこうして城の一室で休ませてもらっている。だが落ち着けばカイルはオシアノスの王としてこの城で暮らし、国を統べるのだ。ユリウスはまたサンドリオに戻って元の生活に戻る……。そうしたらきっともう気軽にカイルとは会えなくなるだろう。

　はぁ、と深いため息が漏れる。また離ればなれになるのかと思うと気分が落ち込んでしまう。今までも離れて暮らしていたし、カイルは死んだと思っていた時期もあった。それよりも今の方がひどく落胆している。

（なんでだろう。カイルと離れるって考えるだけで、自分の体の一部が切り離されて遠くへやられるような気持ちになる）

今までに感じたことのない虚無感が胸を襲ってくる。ユリウスはシーツを両手でギュッと握り締めて、大声で泣き出してしまいそうな気持ちを我慢した。

「起きていたのか」

背後から声をかけられて勢いよく振り返る。ベッドの上で起き上がったカイルと目が合った。長い黒髪を気だるげに搔き上げ、色気を見せつけられているような気がして気絶しそうだ。

「う、うん。おはよう」

「なぜそんな格好をしている？　そこに着るものが置いてあるだろう」

ベッド脇の高級な服にカイルが視線を送った。

「あ〜それ、僕には似合わないかなって……」

「じゃあ、違うものを用意させようか。色がいやだったか？」

きっとカイルにはユリウスの意図が通じていない。彼の言う違うものもおそらくそこにある服と遜色のないものだろう。

「ううん。僕はサンドリオで生活してたときと同じような服でいいよ。だって、これだってこの国の人たちが納めた税で作られているんだよね？」

ユリウスがそう問いかけると、カイルは申し訳なさそうな顔をする。別にカイルを責めているわけではない。いうなれば、イーサム王のようになって欲しくないから、という思いからだった。

「この城にある衣類はこういうものだけらしい。他には兵士が身につけるようなものだが……イーサムの負の遺産というやつだな」

「あ、そう……なんだ。それならしかたないね。いつまでもこんなシーツ一枚だとそれこそ笑われてしまうし」

これしかないのなら、とシーツを引きずって歩き始めると、カイルがベッドから下りて近づいてくる。もちろん全裸だ。ユリウスは目のやり場に困り、思わず顔を背けた。カイルとは何度も肌を重ねたのに今さら照れるなんて変だとも思うが、そういう雰囲気でもない今は恥ずかしかった。

「どうした？　なぜ顔を背ける？」

「だ、だって……カイル、裸なんだもん」

「ならそのシーツを半分くれればいい」

なんて意地悪を言うんだと思ったが、反論する前に自分の巻いているシーツを広げてカイルを誘う。ふっと口元に笑みを浮かべたカイルが素直にシーツに巻かれた。

「カイル、僕たちいつの間に人に戻ったの？　途中から意識がなくなって目が覚めたら戻ってたんだ」

話しながら二人の足は窓際へと向かった。下の方で人々が城の修繕をしている光景をカイルが目にする。表情に変化はない。彼らを見てカイルはなにを思ったのだろう。

真横に立つカイルを下からその横顔を見つめる。竜穴にいたときと同じカイルなのに、この城ではなぜか竜穴にいたときとは違って見えた。自信と意欲と王に相応《ふさわ》しい威厳がカイルを覆っているように思える。

(やっぱり、カイルはオシアノスの王様なんだな)

バルバトスの血を引くカイルは、やはり王になるべくして生まれてきたのだ。改めて自分との差を感じる。ほんの少し寂しく、また誇らしい気持ちにもなった。

「俺が竜化を解いたら自然と二人に分かれた。ユリウスはその前に意識がなかったので心配したが……。竜化に慣れていないユリウスはきっと消耗したのだと思う」

「そっか。なにせ竜になるのは初めてだからね」

それが普通のことのように言えば、ふっ、とカイルが声を上げて笑った。

「え、僕なにか変なことを言った？」

「いや、竜化するのがさも当たり前のように言うので、ちょっとおかしくなった」

「それにしても不思議だったね。どうして僕たちはひとつになれたんだろう。またなれるのかな？」

「どうだろうな。なにか条件があるのかもしれないが……」

カイルがユリウスの背後に移動し、後ろからシーツごと強く抱きしめてくる。身長差があるので、肩にカイルの頭を乗せるような格好になった。胸の前に回された逞しい腕に触れ、その温《ぬく》もりを感じて静かに鼓動が速くなる。

「ど、したの……？」

急な接近にどきっとする。カイルに触れられるとあらぬところが熱を持つので危険だ。今はそんな場合ではない。

（発情期でもないのに欲しがるのって、やっぱり変なのかな）

あの竜穴で肌を重ねたのは発情期のせいだった。だがカイルと融合する前は発情していなかったはず。しかし触れあうごとに高ぶり発情状態になった。それと同じになったらまずい。

「城の中が落ち着いたら、国民にメッセージを伝える。その場にユリウスも同席して欲しいんだ」

新王となるカミーユの隣に、オメガを同席させると言い出すとは想像していなかった。オシアノスにとってとても重要な瞬間だ。そこにオメガが姿を見せれば、なにが起きるかわからない。

（今回の反乱で民衆はまだ落ち着いていないかもしれないのに、そんな場所に出ていいのかな）

国民の前で発表する内容は、カイルにとってとても重大でオシアノスの王としての威厳に関《かか》わるはずだ。それを考えると、ユリウスは二つ返事で首を縦に振るなんてできなかった。

「……ユリウス。なぜ答えてくれない？」

「だって、僕、オメガだよ？　きっとみんなが嫌がる。特にこのお城にいるアルファは……」

言い淀《よど》んでユリウスは俯《うつむ》いた。カイルの腕に触れていた手を下ろすと、背後でなにかを察したカイルが、ぎゅうぎゅうと強くユリウスを抱きしめてくる。

「なにを怖がっている？　ユリウスはもう俺の番だろう？　発情に惑わされるアルファなどいない。それにもっと言えば、お前は運命の番なんだ」

「あ、そうか……。でも……運命の、番？　それって、僕が？」

番の中でも運命で繋がっている相手がこの世にいるという。死ぬまで会えない人もいるのだから、出会えればまさにそれは運命だ。その相手がお前だと言われたら、驚くに決まっている。

（運命の番だって、どうしてわかるんだろう？）

確かにカイルとは子供の頃から一緒にいて、大好きで尊敬していて今でも憧れだ。初めて抱かれたときは信じられないくらい乱れて、淫《みだ》らな言葉まで口にしてしまった。それでもカイルの態度は変わらなくて、だから——とここまで考えて気づいた。

「お前、もしかして感じていなかったのか？」

カイルの言葉に思わず後ろを振り返った。目の前には美しく凜々《りり》しいカイルの顔があって、やさしげな瞳と目が合う。

「ずっとカイルといるのが当たり前で、離れてつらいのも親友だからって思ってた。でも、その……カイルとひとつになったとき、感じたあれは……」

「そう、お互いに感じてた。あれが運命だ」

ずっと感じていたカイルとの絆《きずな》は、実は運命だった。それを知らずにいたくせに、どこかで繋がっているとも思っていた。まさかそれが運命だったなんてとユリウスは驚きだ。

「ユリウス、大切なことを言葉にしていなかったからな。ユリウスは俺の片翼だ。これは死ぬまで変わらない。いや、死んでからも魂でずっと一緒だ」

「カイル……」

「俺と結婚して欲しい。どんなときもお前を守る。――約束する」

カイルの言葉が胸を揺さぶって熱くした。うれしくて照れくさくて、心臓が今にも躍り出そうになる。目の前にあるカイルの瞳は少し潤んでいて、やさしくユリウスを見つめていた。

「……僕で、本当にいいの？　女性じゃなくて、いいの？」

王の隣には王妃。そう、歴代の王妃は女性だった。

「アルファとオメガで、運命の番なのに今さら女性の出番はない。それで、返事は？」

本当にいいの？　とユリウスはカイルの瞳に問いかける。カイルが静かに小さく頷いた。

「……うん。カイルと結婚する」

ユリウスが恥ずかしそうに呟くと、二人は自然に口づけていた。カイルのキスは蕩けるようで、すぐにユリウスを夢中にさせる。今すぐにでも抱かれたい衝動が腰の奥に生まれたが、キスを中断したのは扉をノックする音だった。

「カミーユ様、もうお目覚めでしょうか」

「ああ、起きてる」

「朝食の準備が整いますのでこちらにお持ちします。そのあと身支度を……」

「わかった」

どうやらカイルもユリウスと同じくベッドに飛び込みたい気持ちだったようだ。しかしお預けらしい。

互いにシーツに包《くる》まっていたが、とりあえずシルクのガウンローブを纏う。二人は互いの手を握ったまま離さず、朝食がくるまで窓の前に立って静かに外を眺めていた。

◆　◇　◆

城の二階にあるバルコニーには数名の兵と正装したダリルの姿があった。あの大規模な反乱から数日が過ぎていたが、ダリルの傷はほとんど治っているようだ。竜族の治癒能力は一体どうなっているのだとユリウスは恐ろしくなった。

正装しているのはもちろんダリルだけではない。彼の後ろにユリウスとカイルが控えている。特にカイルは見事に王としての風格を備えていた。

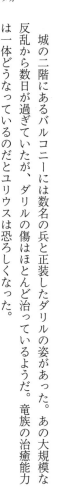

黒を基調とした上着には金の刺繍と金ボタン。赤のサッシュをかけ、襟元に白いファーのついた赤いマントを羽織っている。それは金糸で編まれたエギュレットで留められていて、とても美しい。

ユリウスはそこまで豪華な服ではなかったが、今まで触れたことのない高価な布で縫製されたもので身を包んでいた。カイルとは逆に白をベースにした上着だ。そこにももちろん金刺繍が施されており、触るだけで罰当たりと叱《しか》られてしまいそうだと思った。マントこそ身につけていないが、ユリウスの金髪碧眼《へきがん》に白はよく似合っていた。

ダリルがバルコニーの手すりに近づいて国民に姿を見せると、一斉に皆の視線が集中する。

「これより、王位継承の宣誓を行う。本来なら正式な式典を行いたいが、この国の現状を鑑《かんが》みて略式とする。イーサム・デルタ・マルシェより王位を引き継がれたのは、王位継承第二位、カミーユ・デルタ・マルシェ。ただいまをもって、このオシアノスの新王としてここに宣言する！」

ダリルのよく通る声が響き渡ると、国民からわっと一斉に声が上がる。

ダリルと入れ替わりにカイルが国民の前に姿を見せると、その視線は真っ直ぐカイルに向けられる。ダリルのときよりもさらに支持する声が大きくなり、頬を赤くしてカミーユの名を呼ぶ若い女性の姿もあった。

しかしカイルが手を挙げれば、一斉に静かになり、誰もが息を呑んでその瞬間を待った。

「この雄大なオシアノスは、私にとって母でありそして父でもある。イーサム王によって皆の愛国心に迷いが生じたことをまずは詫《わ》びたい。だが私は皆に誓う。バルバトス王が統治していたときよりも、さらに住みよい豊かな国にすると」

歓喜と期待の入り交じった国民の声が大気を揺らす。どこからか新王カミーユ様！ と声が飛んできた。それに応《こた》えるようにカイルが手を上げる。それでさらに大きな歓声が上がるが、カイルが手の平を下に向けるとその声はすっと引いていく。

「新王カミーユ・デルタ・マルシェが自らの名誉をかけ、このオシアノスを統治する。賑やかで活気あふれるアーシャン通りを。家族とともに過ごす時間を。そして誰もが愛するオシアノスを！」

再び国民の歓声が上がる。カイルは満足げで自信に満ちた表情だ。

カミーユが国民の前で新王の宣言をし、ユリウスは一番近くでカイルがオシアノスの王になる姿を見守る。その姿は今までにないくらいに頼もしく威厳に満ち、そして美しい新王であった。ユリウスも誇らしい気持ちで胸がいっぱいだ。

「そして皆にもう一つ知って欲しい事実がある」

なんだろう、とユリウスも国民と同じ気持ちになった。しかし次の瞬間、カイルの腕がこちらに伸びると、ユリウスは肩を抱かれ体を引き寄せられた。バルコニーの手すりで半分しか見えていなかった国民の姿が一気に視界へと入った。

「カ、カイル……っ」

驚いたユリウスは小声で叱るが、カイルはものともせずにユリウスをさらに強く抱いてくる。

「彼はユリウス・ファン・レイン。私の大切な人だ」

ユリウスの金髪と青い瞳を見た民衆がざわついた。それもそのはずだ。ユリウスの見た目はオシアノスの国では異端だ。

そしてオメガの認識は共通である。希《まれ》な突然変異で発情期がくるとまともに仕事もできず、あろうことかアルファを惑わす厄介な存在。オメガだとわかれば、たいていの場合は城から派遣された兵によって捕らえられる。アルファに影響が及ばないよう内々に処分されるのだ。

「ユリウスはオメガだ。皆が彼の容姿を見てざわつくのは承知している。私は彼の美しい金髪に青い瞳は神からの贈り物であると考えている。それにユリウスは、私の運命の番でもある」

国民はカイルの言葉をどこまで理解できるだろうか。中には意味がわからない者もいるだろう。またオメガに対して差別的な考えを持っている人もいるはずだ。それが新王の番だなんて、発表してしまってよかったのだろうかとユリウスは不安に駆られた。

「オメガに対して皆は様々思うところがあるだろう。しかし、彼は私の片翼となりあの竜

穴から救い出してくれた英雄でもある。彼と番《つが》い、そして子をなし、このオシアノスを統治する子孫を得る。さらに、この国で生まれたオメガに対しての冷遇をこの瞬間から根絶するつもりだ」

国民は誰一人喋《しゃべ》っていなかった。まるで凪《な》いだ海のようである。ただ真剣にカイルの話に耳を傾け、そして考えているように見えた。数秒の静けさが、ユリウスにとっては恐ろしく長く感じてしまう。

「オシアノスに栄光あれ！」

カイルの力強い声が響く。その数秒後、国民からオシアノスに栄光あれ！　と次々に歓声が上がる。その中にはおめでとう、と祝福する声も飛んできた。まだオシアノスの経済はどん底で、苦しみの中にいる。それなのにカイルとユリウスの関係に、祝福の言葉が投げられるなんて考えもしなかった。不満を持っている者には、これからカイルがこのオシアノスを立て直し繁栄させ、王としての能力を見せて認めさせればいい。その過程でユリウスにもなにかできることが出てくるはずだ。

「カイル、本当にこんな……いいのかな」

ユリウスの不安な声は国民の声に掻き消された。だがカイルには聞こえたようだ。

「いいんだ、ユリウス。俺はお前を隠しておくような存在にしたくない。堂々と隣に立っていて欲しいんだ。だから、そんな顔はするな」

正面を向いて国民に手を振るカイルが、ユリウスだけに聞こえるように呟いた。ぎゅっと手を握られる。しかしそれはバルコニーの手すりで国民には見えない。ユリウスもカイルの手を握り返し、興奮する気持ちをなんとか胸に収めるのだった。

◆　◇　◆

ユリウスは城の中にあるゲストルームの扉の前に来ていた。この部屋にはずっと会いたかった人たちがいる。この目で見るまでまだ信じられない気持ちだ。

「ほら、ユリウス、扉を開けて」

「……うん」

どきどきしながら部屋の扉を開けると、ソファに座る二人の姿が目に入る。懐かしさに胸がいっぱいになった。

「父さん、母さん……」

ユリウスの声に二人が振り返った。母親が立ち上がり、感極まった顔で口元を押さえる。

「……ユリウスっ」

抑えていた感情が爆発し、ユリウスは顔をくしゃくしゃにして二人のもとに駆け寄った。母親に抱きしめられると、ユリウスは小刻みに肩を震わせる。父親が腕を広げて二人を抱き込んだ。

「立派になって……」

母親の涙声にユリウスはしゃくり上げた。二人は地下の牢に幽閉されていたらしく、イーサムがそのことをようやく自供した。まさか秘密裏に閉じこめていたなんて信じられなかった。

ユリウスの両親は、見るからに痩《や》せていて栄養状態もよくない顔色だった。長い間、陽の差さない場所に閉じこめられ、ろくに食べ物も与えられなかったのがよくわかる。

「父さん母さん……こんなに痩せて、ひどい扱いを受けたんだね」

「牢の中は暗くてジメジメしていて過ごしにくかったわ。でも、ときどきアーリーン様が様子を見にきてくれて、食べ物を持ってきてくださったわ」

「アーリーン様が？」

バルバトス王の側室であるアーリーン・デルタ・マルシェ。カイルの生みの親である。

バルバトスが身罷ったのち、側室のアーリーンはラグドリア城から離れた場所にある邸宅へと追いやられていた。元王妃として城へ入ることは許されていたが、そこで生活することは禁じられていたらしい。そのカイルの母が、ユリウスの両親を助けてくれていたのだ。

「私の母が、お二人を……？」

ユリウスに続いてカイルも部屋へと入り、初めて知る事実に驚きを隠せない様子だった。

「ああ、カミーユ王様、助けてくださりありがとうございます」

ユリウスの母は慌てて涙を拭《ふ》き、恭しく頭を下げた。

「お二人とも、頭を上げてください。私はお二人の知っている生意気な子供のカイルです。ご存知のはずだ。ユリウスと二人でよく遊んでいた……」

子供の頃を知っているからといって、今はこのオシアノスの王だ。馴《な》れ馴《な》れしくはできない。カイルにそう言われても、ユリウスの両親は頭を上げなかった。

「カイル、しかたがないよ。だって今は、王様だもん」

鼻の頭を真っ赤にしたユリウスが苦笑いを見せると、困ったなと、そんな様子のカイルが扉の脇に立っている兵二人を下がらせた。部屋の扉が閉じると、四人だけになる。

「これで私たち以外誰もいない。だから昔のように、カイルと呼んでください」

頭を上げた両親だったが、まだ戸惑っている様子だが少し緊張が緩んだように見えた。

「あの小さかったあなたが、こんなに立派に……まさか王子様だとは思いもしなかったわ」

「竜穴に落とされたと聞いたときは驚いたよ。私も妻も心を痛めた。まさかこうして再会できるとは思わなかった」

ユリウスの父も昔を懐かしんでいるようで、ユリウスも胸が熱くなった。

「助けてくれたのはユリウスですよ」

そう言ったカイルが静かに一歩下がり、目の前で片膝をついた。その行動に三人が凍りついた表情で声を失う。

「ユリウスのご両親にお願いがあります。ユリウスを、私にください。私の生涯の伴侶《はんりょ》として、彼を側に置きたいのです。それに、彼とは運命の番なのです」

カイルの突然の申し出にユリウスを含め三人ともがフリーズした。まさか一国の王が片膝をつくなどありえない。

「お、おやめください。王様が膝をつくなんて……っ」

ユリウスの母が慌ててカイルを立たせた。しかしカイルはなぜか満足げな表情である。

「ユリウスとの結婚を、許していただけますか？」

「許すもなにも、もう二人が番なのでしたら、私どもになにも言うことはございません。ユリウスを、よろしくお願いいたします」

「ありがとうございます」

カイルがユリウスの母の手を取った。手の甲にそっとキスをして、積もる話があるだろうからと、あっという間に部屋を出ていってしまう。残されたユリウスたちは会えなかった時を埋めるように、時間の許す限り話をするのだった。

カイルがオシアノスを立て直し始め、みるみるうちにレギーナの街に活気が戻っていく。その様子は城の高い場所にある部屋から眺めることができる。ユリウスはそこで再建されていく街を見るのが日課になっていた。

部屋をノックする音にユリウスが振り返ると、カイルの姿があった。こんなところにいたのか、と近くまでやってくる。

「ここから街を見ていたんだ。イーサムが王様のときは死んでいた街が、生き返っていく。見ていてすごくうれしいよ」

「そうだな。イーサムの傲慢で国民が苦しめられるなんてあってはならない。だから俺は一刻も早くこの国を立て直す」

カイルがユリウスの肩を抱き寄せた。ユリウスも自然な動きでその肩に頭を預ける。

「投獄されていたイーサムは、俺と同じ形で竜穴行きになった。彼に手を貸して私腹を肥やした連中も同罪だ。明日、レギーナの街の人々にも知らされる」

「そう……。ところでアーリーン様は、こっちに戻ってくるの?」

「そうだな。といっても、俺には母の記憶はないが、この城を追いだしたままというわけにもいかない」

「アーリーン様は、僕の父さんと母さんを助けてくれたって言ってた。カイルにとっては思い出もないお母様かもしれないけど、僕にとっては……」

「わかっている。悪いようにはしないさ。この城を出ていたのもイーサムが仕向けていたんだ。それなのに何度も城に足を運んでは、なんとか傲慢なイーサムのやり方を止めようとしてくれていたらしいから」

「よかった……」

本当によかった、とユリウスは繰り返す。

「この国の立て直しが終わったら、正式に式を挙げよう」

「え? 式って?」

カイルを見上げると、なぜか彼はうれしそうな顔をしていて、意味のわかっていないユリウスにそっとキスをしてくる。

「決まっているだろ。結婚式だ」

「え、あっ……んんっ」

　結婚式なんて、と言おうとしたが、あっさりとそれはカイルの口に塞《ふさ》がれ、言葉ごと飲み込まれてしまった。竜穴から抜け出してからめまぐるしく様々な出来事が起こり、ユリウスの周りは一気に変化した。けれど一番は、大好きで大切なカイルが不死鳥のように復活し、国王になっても隣にいてくれて、いさせてもらえることだ。

「結婚式は、あんまり派手にしないで……。だって僕、男だし」

「そんなのは関係ない。俺がユリウスを世界一愛していて、生涯側にいる相手であると知らしめる必要があるんだ」

「でもそれなら、新王宣誓のときに……」

「いや、あれはオシアノス国民しかいなかっただろう？　式には他国の人間も招待する。全世界にユリウスとのことを聞かせてやる」

　カイルがこんなに独占欲の強い人間だとは思いもしなかった。番になったのだからもう離れられないから心配はないのに。

「カイルって意外と……すごいね」

　ユリウスはカイルの嫉妬《しっと》深い一面を見た気がした。けれどそれでもいいと思う。どんなに束縛されてもユリウスはカイルと離れるつもりはない。

その日、オシアノスには祝福の空気があふれていた。

「ウエディングドレスじゃなくてよかった」

姿見の前で自分の姿を見ながらユリウスが呟いた。身につけているのは白い正装だ。この日のためにカイルが特別に作らせたものである。前身頃には金のボタンが二列に並び、立ち襟から肩章が金刺繍で装飾されている。上下白の装いは、真っ青なマントを羽織ることでより一層の爽《さわ》やかさと清純さを際だたせた。

カイルがユリウスの隣に立ち、姿見に二人の姿が映る。今日のためにユリウスと同じように正装していた。

黒がベースになったベストとズボン。ベストには縦二列になった金ボタンが映えている。裾の長い真っ赤な上着にも、豪奢《ごうしゃ》な金刺繍が施されていて、袖の折り返しは大きく、黒のカラーがぐっと引き締まったイメージを与えた。スリーブの先から顔を見せるのはアンガガジャントといわれる二重のフリルで、それがエレガントさを見せている。

「俺はユリウスを女性のようには思っていない。だから女を扱うようにはしないさ。ユリウスは男だから、ドレスも着ない。そうだろ？」

「うん。これすごく気に入ったよ。でもカイルの方が格好いいね。やっぱり王様だ」

見つめ合ってキスをする。このあと大勢の前で二人は晴れの姿をお披露目するのだ。城の大広間には隣国や友好国の王や王妃が揃《そろ》い、二人が来るのを待っている。そして城の外にある広場には多くの国民が詰めかけ、皆祝福の声を届けたがっていた。

扉の前まで歩いてきたのに、ユリウスは足を止めてカイルに向き合う。

「ねえ、みんなは結婚を喜んでくれているように見えるけど、アーリーン様とか、他の国の王様とか……本当に僕でいいと、思ってるのかな。もしかして、いやなんじゃ……ないかな……」

ユリウスはカイルがみんなに存在を示したときから思っていた。あのバルコニーで国民が祝福を送ってくれたようには見えたが、本当のところはわからない。カイルの周りにいる王族や、オシアノスと親交のある国々の人間はどう思っているのか。不安な気持ちがずっとユリウスの中にある。カイルの愛さえあればいい。そう思っているのに心配だった。もうすぐ式が始まるというのに、今になって怖《おじ》けている。

「なんだ？　もしかしてマリッジブルーだなんて言うのか？」

「マリ……なに？」

「マリッジブルー。結婚前の花嫁がかかる病だ」

カイルの手がユリウスの顔を左右から包み込む。そして額にキスをされ、鼻の頭にもキスをされた。黒い瞳がこちらを覗き込み、そっと唇に口づけてくる。

「病……なの？」

「そうだ。結婚前の花嫁は、皆そうやって不安になる。ユリウスは自分が男性でオメガだから、余計に思うんだ。でも大丈夫。誰がなんと言おうと、俺は愛するお前を守る。この命にかけて」

ユリウスはカイルに抱きしめられていた。いつもの軽い抱擁ではなく、もう二度と離さないと誓うかのように力強い。それがユリウスを徐々に安心させていった。

「僕も、カイルを愛してる。いつも不安になって、ごめんね」

「いいさ。そのたびに俺がどれほど愛しているか教えてやる。よし、それじゃあ、行こう」

「うん」

カイルの手がユリウスの腰に添えられた。二人は部屋を出て大広間へと向かう。ユリウスの不安は一歩歩くごとに消えていく。それはカイルがしっかりと手を繋いでいてくれるからだ。

結婚式は静かに粛々と行われた。二人はオシアノスの議会の祝福を受け正式に婚姻が認められた。同性の結婚は今まで一例もなかったが、カイルが新王になりそして同性のユリウスを王妃に迎えたことで、一気に様々なことが変わっていくだろう。オメガへの偏見や扱いに関しても。

ユリウスとカイルはパレード用の白い馬車に乗り込む。もちろん馬車を引くのは真っ白な馬だ。馬車はゆっくりと城を出発すると、レギーナのメイン通りであるアーシャン通りを進む。沿道にはオシアノスの小旗を持った国民が詰めかけている。二人に祝福の声を投げかけながら旗を振っていた。

その声に応えるかのように、笑顔で手を振る。

「夢が叶っちゃった」

ユリウスはカイルに聞こえるように呟いた。隣で手を振っていたカイルがこちらを振り向く。

「夢？」

「カイルと二人で、アーシャン通りを歩くって子供の頃の夢。でも正確には歩いてるのは馬だけどね」

ふふっとユリウスが笑うとカイルもやさしい視線で微笑み返してくれた。国民には見えないよう下の方で互いの手を握り合う。そうして今の幸せを噛み締めた。

エピローグ

夜中に目が覚めたユリウスは、自分の体の違和感に気づいた。体が熱く重だるく頭がふわふわしているのだ。この症状は知っている。

「発情期に入っちゃった……」

少し前から体の変化は感じていた。問題はカイルが二日前から隣国に行っているということだ。明日には帰ってくる予定だが、発情の方がカイルより早くきたようだった。

「どう、しよう……」

いつもカイルと寝ているベッドはとても広い。何度も寝転がらないとベッドの端へ行けないくらいだ。そんな広い場所でユリウスは徐々にひどくなる症状に一人で耐えていた。

時間を追うごとに体が震え、腰の奥がむず痒《がゆ》くなる。意思とは関係なく勃《ぼっ》起《き》する屹立は、布の向こうで熱を持つ。ユリウスはたまらずにそれを握り締め、闇雲に擦り始めた。

「はぁっ、はぁっ、は、……うっ、は、あぁ……っ、んっ、カイ、ル……は、んんっ」

初めは布越しに擦っていたのが、いつの間にか直《じか》に握り一心不乱に弄っていた。先走りがあふれだして摩擦をなめらかにする。けれどすぐに前の刺激だけでは足りなくなった。後孔が疼き、触りたくてしかたのない衝動に襲われた。

右手を後ろへと伸ばし、敏感な後孔に触れる。そこはすでに濡れていて、ユリウスの指がぬるっと中へと入った。そうなったら止まらない。二本の指を入れて肉筒を撫で回す。抜き差しをするとむず痒いのが少し治まるものの、すぐに次のもどかしさが襲いくる。さらに奥の方が切なくなるが、指の長さでは届かない。

「もっと、……もっと奥のほう、あ、あぅっ、届かない……あ、あんっ、や、もっと……」

ぐちゅぐちゅと卑猥な音が静かな夜の部屋に響く。自分の指を限界まで入れても到達しない。切なくてユリウスは涙をこぼした。体はますます熱くなり息は荒く、震えるほど体がカイルを欲しがっている。このまま何時間耐えればいいのか。気の遠くなる時間を想像して苦しさに息を詰めた。

「カイル……ああ、カイル、早く、帰って、きて……」

「この匂いは……やはりユリウスか」

待ち望んだ声が聞こえ、横になったまま扉の方へ顔を向ける。その間も後孔を弄る手は止められなかった。

「カイル、ああ、なんで、いるの……ねえ、お願い、僕、死んじゃう……苦しいんだ。……欲しいよ。カイルが欲しい。ねえ、お願い。ここに、入れて欲しい」

はしたなく足を広げてみせ、後孔も屹立も淫らに濡れまくっている痴態を披露した。カイルは今しがた帰ってきたのか、まだマントも身につけたままだ。こちらに向かって歩きながらマントを外して床に落とし、上着もベルトも脱ぎ捨てていく。

「俺を誘うこの匂いが、城の外からでもわかるくらいしていた。だから真っ直ぐここに来たんだ。発情期が早まったな」

ベッドに到着したカイルがベストを脱ぎ捨て、シャツのボタンを下まで一気に外していった。

「僕の匂い……してたの？」

「ああ、強烈にあまい匂いだ」

ベッドに腰かけたカイルがユリウスに覆い被さってくる。口を塞がれて、口腔に彼の熱い舌が入ってきた。粘膜を触れあわせると、それだけで痺れるような快楽が広がりその中に混じる愉悦に体が震える。

「んんっ、んぅ……ぁ、はぁ……ぅんっ、んんっ」

激しく舌を絡ませ、お互いに貪り食うようなキスをする。カイルの手がユリウスの肌に触れると、まるで感電したかのようにびりっと快感が生まれた。

「お前のフェロモンはたまらない……」

息の荒くなったカイルが呟き、ベッドの上へ乗り上がってくる。かろうじて体にかかっていた掛け布団を剝ぎ取られ、薄い夜着もあっという間に取り払われた。ユリウスは自分の屹立を握り、まだ後孔に指も入っている。止めることができないのだ。

「ほら、この指を抜いて」

やさしく促されて、後孔から指を引き抜かれた。その摩擦にさえも感じてしまい、あふん、と鼻にかかるようなあまい声が漏れる。ユリウスの肉筒は切なく涙を流したままぽっかりと口を開けていた。

「や、やぁっ……ここ、して……ねえ、カイル、してぇ」

淫らに腰を振りたててカイルを誘う。発情期には我を見失って誘ってしまう。はしたないのはわかっているが止まらない。

「わかっている、これを……すぐにやるさ」

カイルがズボンの前を寛《くつろ》げて、自身のものを取り出した。天を向く雄々しい肉塊。その幹には幾筋もの血管が浮き上がり、鈴口からは愛蜜《あいみつ》があふれている。それを何度か扱《しご》き上げて自身の竿《さお》に馴染《なじ》ませるのをユリウスに見せつけてきた。

淫穴がカイルを欲しがっているところを見せつけた。

俯《うつぶ》せになったユリウスは、膝をついて腰だけを上げる。尻の肉を自分から左右に広げ、

「あ、それ、それぇ……早く、ちょうだい」

「ユリウス……」

呟いたカイルが背後に回る。後孔に熱く滾《たぎ》る切っ先があてがわれた。期待に全身が打ち震え、ユリウスの後孔は淫らにカイルを欲しがり濡れる。

「ああ、あぅっ……ぅうっ、は、あぁああん」

灼熱の楔《くさび》が肉環を開いて中へと這い入ってくる。欲しくて欲しくてたまらなかったものがユリウスの肉洞を擦り上げ、腰から下が抜けそうなほどの快楽を連れてくる。

「いいっ、あっ、あぅ……はぁん……すごい、もっと、ああ、激しくしてぇ」

まるで娼婦のようにあまい声を出しながらカイルを奥へと誘う。発情が本来の恥じらうユリウスを消し去ってしまう。どこまでも本能に忠実な淫らな肉の塊となるのだ。

「すごいな。中がうねって……俺を奥に誘っている」

「奥まで……ずぅんってして……お願い、カイル」

ユリウスの腰を持つカイルの手を、腕を伸ばして握る。欲しくてたまらないのだと懇願し、いやらしく腰を捩《よじ》った。その煽りに乗せられたカイルが、一気に奥まで屹立を押し込

んでくる。

「か、は、あぁあっ！　すご、い……あ、ふぁ……届いてる、奥……」

背中を仰け反らせ、ユリウスはあまりに強い快感に顔を上げた。中途半端に口を開き、とろんとした目は陶然としている。

「ユリウス……ああ、持っていかれそうだ」

そう言いつつもカイルがゆっくりと動き出す。肉洞をずりゅっと擦られ、快感に新たな快感が重なり、それは回数を追うごとに密度を増していく。速くなる抽挿にユリウスの体も前後に揺れ、ひっきりなしにあまい嬌声《きょうせい》が漏れた。

「あ、あんっ、あふ、んんっ、い、いいっ、気持ち、いい、ああ、ふあっ、あんっ」

感じすぎて変になりそうだった。ユリウスの後孔からあふれだした愛液がカイルの屹立でくちゅくちゅと摩擦され、そこは白く泡立っていく。

背後から抱きしめられたユリウスは、背中にキスをされ、舌を這わされるとその刺激に体が反応して震えた。

「薄くなってるな」

ユリウスのうなじにキスをしながらカイルが囁く。首の後ろについたカイルの歯形は、確かに少し消えかかっている。そろそろ新しく印をつけなければダメだ。

「あ、あ、あ、あっ、噛んで、そこ、あっん」

体を揺すられそのリズムで喘ぎが漏れる。ときどきうなじに歯を立てられぞくぞくと背中に快感が走り抜けた。

「そうだな。ここを噛んで、俺たちの子供を作ろう」

消えかかった歯形をべろっと舐められ、ああ、とユリウスの口から愉悦の声が漏れた。カイルの抽挿が速くなり、ユリウスは内側から溶かされる。自身の屹立も同じリズムで揺れ、その先端からはひっきりなしに愛蜜の銀糸が伸びていた。

カイルの熱塊がさらに膨張し、ユリウスの肉洞を激しく擦る。下腹の内側が熔《と》けてしまいそうなほど熱い。内襞《うちひだ》がひっきりなしにうねっていた。

「ああ、カイル、カイル……っ、あああぁ、いく……っ、いくぅ」

ユリウスが快楽の絶頂を極める。気が遠くなるほどの強い刺激に、肉筒がカイルを締めつけた。カイルが律動を止め、ユリウスの尻に腰を押しつけて静止する。言葉にならない色っぽい吐息の声が聞こえると、腹の奥の方で熱が弾けた。じわっと広がるそれを受け止めて、感じまくったユリウスは達しながら腰をびくびくと震わせた。

「ああ、ユリウス……」

カイルの射精は止まらない。首筋にびりっとした痛みを感じ、その後にそこから広がる快感に身を委ねると、カイルに抱きしめられながらゆっくりと意識を手放していく。

その多幸感はユリウスをさらに美しくし、そしてその細い体を抱くカイルにも幸せをもたらす。

その年の春、ユリウスの腹にはオシアノスの次期国王となる小さな命が宿り、オシアノスは安泰の道を歩み始めた。

二人の天使

オシアノスに春がやってきて、やわらかな春の日差しが山にも川にも人々にも降り注いでいた。城の前には大きな幾何学式庭園が広がる。迷い込んだら出てこられなくなるほど複雑で優雅で美しい。いつも綺麗《きれい》に剪定《せんてい》され、城の高い場所からでも全《すべ》てを一望できないほどだ。

そんなうららかな春の空気の中、ユリウスは庭を歩いていた。向かっているのは庭の中央にあるガゼボだ。朝、目が覚めると枕元《まくらもと》に手紙が置いてあった。白い紙にたどたどしい文字で『しょうたいじょ』と書いてあり、それを読んだユリウスはくすっと笑い、身支度を整えて庭へと出た。

ガゼボが近づくにつれて、きゃっきゃっと賑《にぎ》やかな笑い声が聞こえてくる。きっと世話係のミリーと一緒に、ユリウスを迎える準備をしているのだろう。それを微笑《ほほえ》ましく思いながら、ユリウスはガゼボの階段までやってきた。

「おはよう、カリナ、ルイス。朝食の招待、ありがとう。ミリーも準備を手伝ってくれてありがとう」

ユリウスが声をかけると、気がついた二人が振り返った。途端に向日葵《ひまわり》のような笑顔が二つ咲いた。

「ママ！」

「ママ、こっちだよ！」

青い目で綺麗なくりくりの金髪を揺らし、ユリウスに飛びついたのはカリナだ。見た目はユリウスにそっくりで、今年で五歳になる女の子。笑顔が素敵でかわいらしく天真爛漫《てんしんらんまん》に見えるが、少し人見知りで慎重な性格だ。

もう一人の男の子はルイス。黒髪で黒い瞳《ひとみ》のその子は、カミーユの子供の頃にそっくりで、何事も諦《あきら》めず果敢に挑戦する性格だ。カリナの双子の兄である。

かわいい二人の天使がユリウスに抱きついてきて、こっちこっちと手を引いてくる。

「そんなに引っ張らないで。わ、これを用意してくれてたんだ？」

ガゼボの中にあるテーブルには朝食が準備してある。もちろん作ったのは城のコックだし準備をしたのもミリーだろう。しかし皿の上にはカラフルな花がそこかしこに飾られてある。これはカリナとルイスがしたようだ。

「ぼくとカリナと二人でやったの。これ全部だよ！　ぜ〜んぶ！」

ルイスが両手を大げさに広げてアピールしている。しかしその隣でルイスを見ていたカリナが違うわよ、と横槍《よこやり》を入れた。

「ミリーがいっぱい手伝ってくれたじゃない。だから全部じゃないわよ」

カリナがミリーの手を両手で摑《つか》んで引っ張っている。

「ねえママ、ここに座って」

ルイスに手を摑まれてユリウスはベンチに腰かけた。左にはルイスが、右にはカリナが座り、こちらをきらきらした瞳で見上げてくる。

「綺麗だね。二人ともありがとう。ミリーもご苦労様」

両腕で二人を抱きしめ、小さな体をぎゅっと自分に引き寄せた。そしてミリーの方を見やってそっとウィンクしてみせる。きゃあきゃあとはしゃぐ二人のかわいい頭にキスをして、もう一度ありがとうと感謝を伝えた。

「お二人が遠くの花壇まで行って摘《つ》んでいらっしゃったんです」

「へえ、そうなの？　じゃあお寝坊さんが今日は早起きしたの？」

「うん、カリナね、すっごく眠くってね、でもね、ちゃんと起きたよ」

「カリナはねー、すぐに眠い、疲れたっていうんだよ！」

「眠くないもん！」

ユリウスを挟んで二人が言い合いを始める。放っておけばエスカレートするのは目に見えていた。

「はいはい、そこまで。早くこの綺麗な朝ご飯を食べたいなぁ。いいかな？」

二人の気を食事の方へ誘導する。食べる食べる、と口々に言い、上手く乗せられてくれたとホッとした。

「じゃあ食べようか」

はーいと二人の声がユニゾンで聞こえたとき、三人のいるガゼボに近づいてくる人物に気づいた。長身で黒く長い髪をひとまとめにして、今も昔も変わらない姿のカミーユだ。

「こんなところに朝食が移動していた」

わざと驚いた顔をしてみせるカミーユに、ユリウスはぷっと吹き出す。

「父王さま！」

カリナがベンチをぴょんと飛び降りてカミーユの方へ駆けていき、飛びついて抱っこをせがんでいる。しかしルイスは少し緊張気味にユリウスに寄り添い、近くまでやってきたカミーユを見上げていた。

「おはようございます。父王さま」

真面目《まじめ》な顔でカミーユに朝の挨拶《あいさつ》をした。ルイスはカミーユのあとを引き継いでオシアノスの王になる。第一王子としてすでに立ち振る舞いを教えられているのだ。

「おはようカリナ、ルイス。それから、ユリウス」

ユリウスは立ち上がりカミーユと朝の挨拶のキスをする。

「おはよう、カミーユ」

カミーユが席に着き朝食が始まった。本来なら朝食は寝室に運んでもらうのだが、今回のことがきっかけで天気のいい日はこうして外で食べることが増えた。

ユリウスは自分の腹をそっと撫《な》で、また新たな命が宿ったうれしさを噛《か》み締める。それに気づいたカミーユがユリウスの手の上から自分の手をそっと重ねてきた。

カミーユと視線を合わせて微笑み合うと、なにも言わずとも想いは伝わってきて胸がじわっと温かくなる。

賑やかな朝食とオシアノスの平和が、今日もまたユリウスたちを幸せにするのだ。

あとがき

こんにちは。柚槙ゆみです。「片翼のアルファ竜と黄金のオメガ」を読んでいただきありがとうございました。

実はオメガバースものを書くのは初めてとなります。数年前からオメガバースのお話を書きたいなぁと思っていたのですが、王道がいいのかそれともあまりない設定の方がいいのかと悩んでいるうちに今に至ってしまいました。

ここ最近はファンタジーものの設定にハマっていまして、自分で世界観を決めていくのは楽しいなと思っています。それに表紙も華やかになる印象が強くて、それを見たいがためな設定など考えたりしていますね。

このあとがきを書いている今は、まだ表紙イラストを見ておりませんので、白崎小夜先生がきっと素敵な表紙にしてくださっているのだろうな～とにやにやしています。とても楽しみにしております！

さてラルーナ文庫さんで書籍を出していただくのはこれで三冊目になります。二冊出した辺りで「あなたは売れないから、もう次は出せないわ」と言われるのではないかなと、正直、本当にそう思っていました（笑）。

なので今回のこのオメガバースの設定でプロットを出したときもかなりドキドキしていましたし、返事のメールがきたときは開くのを躊躇するほどでした（笑）。

しかし「片翼のアルファ竜と黄金のオメガ」を書籍で出しましょうと言ってくださった担当様、本当にありがとうございます。きっと素敵な表紙にしてくださったであろう白崎小夜先生。それからこの本を手に取ってくださった読者様。みなさまに支えられて今がありります。本当に感謝しています。ありがとうございます。そしてこれからもどうぞよろしくお願いいたします。

よろしければ感想などいただけるとうれしいです。

では、またどこかでお目にかかれるのを願っております。

【Twitter：Albino2017w】年の瀬にて　柚槙ゆみ

本作品は書き下ろしです。

ラルーナ文庫

この本を読んでのご意見・ご感想・ファンレターなどお待ちしております。〒111-0036 東京都台東区松が谷1-4-6-303 株式会社シーラボ「ラルーナ文庫編集部」気付でお送りください。

片翼《かたよく》のアルファ竜《りゅう》と黄金《おうごん》のオメガ

2022年3月7日　第1刷発行

著　　　者｜柚槙《ゆまき》ゆみ
装丁・DTP｜萩原 七唱
発　行　人｜曺 仁警
発　行　所｜株式会社 シーラボ
〒111-0036　東京都台東区松が谷1-4-6-303
電話　03-5830-3474／FAX　03-5830-3574
http://lalunabunko.com
発　売　元｜株式会社 三交社（共同出版社・流通責任出版社）
〒110-0016　東京都台東区台東4-20-9　大仙柴田ビル2階
電話　03-5826-4424／FAX　03-5826-4425
印刷・製本｜中央精版印刷株式会社

　ISBN978-4-8155-3267-3

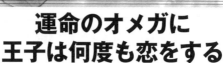